KB048770

그날은
그렇게
왔다

그날은 그렇게 왔다

나는 중증장애아의 엄마입니다

고경애 글 · 박소영 그림

다반

내 아들 준영이

누군가가 읽을 거라 생각한 글을 처음 써본다.

이 이야기는 나와 내 아들의 길지만 너무 짧았던 아픔과 그리움의 기록이다.

나의 아들 준영이는 아팠고, 그 후유증으로 중증장애아가 되었다. 불현듯 찾아온 장애라는 것을 예측하고 받아들이게 되는 사람은 없겠지만, 나 또한 벼락 맞은 듯 찾아온 장애아동의 엄마라는 새로운 길을 걷게 되었다. 새로운 길에서 겪게 된 수많은 일들과 감정들을 모두 적어 내려갈 수는 없겠지만, 담담한 마음으로 써내려 가려 노력했다.

혹자는 나에게 아이를 빨리 잊으라고, 슬퍼하지 말라고 이야기한다. 하지만, 아이가 떠나고 아이의 존재가 잊혀질까 무서웠다. 세상에 이만큼의 아픔이 존재하고, 나에겐 그 아픔을 의연히 견디고 세상을 마친 자랑스러운 아들이 있었음을 알리고 싶었다.

나는 우리가 왜 슬픔을 끝내고 싶어 하는지, 잘 알고 있다.

슬픔은 고통스럽기 때문이다.

그렇다고 해서 자녀를 잃은 부모나 사랑하는 사람을 잃은 사람이 남은 여생 동안 슬퍼하지 않을 수 있다고 생각하는 것은 말이 되지 않는다. 언젠가는 누군가를 잃게 되고, 가슴이 찢어지는 듯한 고통을 느끼게 될 것이며 깊이 사랑하는 사람을 잃는 것은 절대로 완벽히 극복할 수 없다.

슬픔은 피할 수 없다. 사랑한다면 슬퍼하라.

간병이라는 긴 터널은 외롭고, 두렵고, 힘들었지만 아들과 함께여서 견딜 수 있었고, 견딜 만한 가치가 있었다. 이 순간에도 버텨 내고 있을 이 시대의 수많은 준영이와 준영이 엄마들을 위해서 글을 쓰고 싶었다. 아니, 글을 써야만 했다.

내 마음과 내 글 속에서 준영이는 영원히 기억될 것이다.

차례

◇◇◇◇◇◇◇

*** 그가 나를 본다

01

그날은
그렇게 왔다

그날은 벼락같이 왔다.

2008년 12월의 세밑. 낮부터 칭얼거리던 아이는 저녁이 되자 열이 나고 기운이 없는지 축 늘어지기 시작했다. 하필이면 새벽이라 아이를 응급실로 데려갔다. 이어지는 몇 가지 검사…… 그리고 초기 폐렴 진단. 우리는 입원을 권유받았다. 또 하필이면 그때 연말에 연휴까지 겹쳤던지라 입원해서 돌봄 받는 쪽을 택했다.

얼마나 시간이 흘렀을까.

입원 후 금방 호전되리란 내 생각과는 상관없이 아이의 병세는 하루가 다르게 나빠졌다. 계속 보채며 토하던 아이가 금식과 호흡기 치료를 처방받았다. 생후 6개월, 아직 젖을 빠는 어린아이……. 나는 젖이 불어 옷이 축축하게 젖어 갔고, 아이는 더욱더 세차게 울어 댔다.

치료를 받아야 해서 젖을 빨 수 없는 아이는 잠도 잘 못 잤다. 나는 3일 내내 퉁퉁 불은 젖을 안고 정신없이 아이를 돌봤다.

3일째 새벽이었나.

아이는 또 까무러치게 보챘고, 나는 아이를 안아서 달랬다. 정말 너무 힘들었다. 나 역시 잠을 제대로 못 잤던 터라 짜증이 났다. 아이를 토닥이던 손이 마구 빨라졌다.

그 순간, 아이의 숨이 갑자기 툭 끊어졌다.

툭…….

비상벨을 눌렀다.

비상벨이 울리자마자 간호사들이 달려왔고 아이는 내 품에서 뜯겨 나와 차디찬 처치실로 옮겨졌다. 나는 당최 무슨 일이 일어나고 있는지 그때는 자각하지 못했다.

당직 의사가 한달음에 달려왔고, 겹겹이 쌓인 의료진들 사이에서 나는 뒤로 물러설 수밖에 없었다. 내 상식으로는 도무지 알 수 없는 무슨 일이 그곳에서 벌어지고 있었다.

내가 서 있는 곳에서 아이는 잘 보이지 않았다. 몸이 덜덜 떨리고 무서웠다. 잠시 후였을까, 그보다 오랜 시간이 흘렀을까…… 의사가 나에게 다가와 말했다. 아이의 가래가 한 번에 많은 양이 올라오면서 기도를 막아 잠시 숨이 끊겼던 거란다.

기도 삽관을 실시했는데, 가래가 너무 많아 힘들었다고도 덧붙였다. 지금은 응급 처치로 괜찮아졌지만, 그래도 일단은 중환자실로 보냈다고 했다. 내 마음을 눈치챘던 걸까. 의사는 빠른 처치가 이루어져 괜찮을 거라고 나를 안심시켰다. 하루 이틀이면 일반 병실로 돌아올 수 있을 거라고 하면서.

그런데, 정말로, 갑자기, 과연 이런 일이 일어날 수 있는 것일까?

아이는 조금 전까지 내 품에 있었는데, 그랬는데, 한순간에 의료진이 데려갔다. 나는 그저 멍하니 서 있다가 그 자리에 털썩 주저앉았다. 남편에게 전화를 걸어 무슨 말을 했는지도

기억이 나지를 않는다. 아이가 중환자실로 갔다고 한 것 같은
데…….

중환자실로 옮겨진 아이는 볼 수도, 당연히 만날 수도 없
었다.

하루가 채 지나지 않아 담당 의사가 다급하게 보호자인 나
를 찾았다. 아이 몸에서 염증 반응이 다발적으로 일어나고 있
다는 청천벽력 같은 이야기. 의사의 입에서 급성 패혈증이란
단어가 튀어나왔다. 아이의 정신은 여전히 돌아오지 못했다
는 말과 함께…….

결국 그 작디작은 몸속의 피를 모두 새로운 피로 교체했다.
아이의 염증이 다른 장기로 전이될 때마다, 새로운 약을 쓸
때마다 의사는 나를 불렀다.

점점 잦아지는, 나를 부르는 빈도…… 아무것도 모르는 내
가 봐도 아이의 병증은 너무 빨리 진행되었다. …… 결국, 염
증이 아이의 머릿속까지 전이되었다.

뇌가 부어올랐다고 했다,
의료진은 최선을 다하고 있다는 말과 함께…….

✳

013

남편과 나는 아무것도 하지 못하고 그저 중환자실 앞에서 하염없이 기다릴 뿐이었다. 연신 "괜찮아. 괜찮을 거야."라고 되뇌었지만, 우리는 알 수 없는 불안함에 온몸과 온 마음을 부르르 떨었다. 아이의 뇌는 한없이 부었고, 온갖 약을 썼음에도 의식은 돌아오지 않았다.

담당 교수가 우리 부부를 따로 불렀다.

왜 중환자실 앞이 아니라 굳이 진료실로 따로 부를까……
왠지 더욱더 불안했다. 무거운 발걸음으로 들어선 진료실. 의사는 아이의 병 진행 상황을 짧게 이야기했다. 현재 아이의 뇌가 심하게 부었고, 폐가 손상되었으며, 의식이 없다고 했다. 이대로 일주일 안에 아무런 생명 반응이 없으면 마음의 준비를 해야 한다고 했다.

이게 도대체 무슨 말이란 말인가?

이해할 수가 없었다. 응급실로 와서 지금까지 일주일밖에 지나지 않았는데…… 일주일 전만 해도 키득거리며 젖을 먹고, 거실에 놓인 화분을 쓰러뜨려 할머니가 키우던 화초를 박살 내고, 두 살 많은 누나의 머리채를 잡아당겨 울렸던 개구

쟁이 녀석이었는데…….

그런데, 그런데, 그런데!

왜 아이가 죽는다는 것인가? 이제 겨우 6개월을 산 아이
다. 멍하니 있다가 나도 모르게 의사에게 빌었다.

"살려 주세요."

"무슨 일이 생기든, 어떤 치료를 하더라도 쓸 수 있는 모든
약을 다 써서 살려 주세요."

어쩐 일인지 눈물도 나오질 않았다.

의사는 부모님의 뜻을 잘 알았다며 최선을 다하겠다고 했
다. 그리고 이어진 또 다른 기다림…… 아이는 면회조차 되지
않았지만, 나는 중환자실 앞을 벗어날 수가 없었다.

갑자기 나를 부를 것 같아서, 그럴 것 같아서…….

하루하루가 지옥이었다. 아이가, 내 아들 준영이가 눈을 떴
다는, 움직인다는 소식은 들려오지 않았다.

초조한 마음으로 그곳에서 사흘 낮과 밤을 보냈다. 담당 의
사가 급하게 우리를 불러 한껏 상기된 표정으로 말했다.

"어머님, 준영이가 하품을 했어요!"

처음에는 무슨 말인지 알아듣지 못했다. 의사는 이제 생명 반응이 있으니, 위험한 고비를 넘긴 거라고 했다.

고작 하품이 이렇게 반가울 줄이야……. 하지만 준영이는 그러고도 거의 한 달을 중환자실에 있었다. 그러고 나서 어느 날, 드디어 일반 병실로 옮기는 날이 되었다. 아이를 다시 품에 안을 수 있다는 생각에 마음이 부풀었다. 나는 중환자실에 들어가기 전 아이의 모습을 떠올렸다. 하지만 아이를 보는 순간, 내 마음은 산산조각으로 부서졌다. 그렇게 보들보들하던 내 아이는 마치 통나무 같았다. 어떠한 관절도 움직이지 않았고, 아무런 소리 없이 눈만 멀뚱멀뚱 뜨고 있었다.

아이가 입원실로 오자마자 여러 개의 기계도 함께 병실로 들어왔다. 간호사가 나에게 '석션(Suction)'이라는 것을 가르쳐 주었다. 아이의 코와 입속에서 침과 가래를 뽑아 주는 것이었다. 간호사의 설명을 한참 듣다가 나는 물었다.

"왜 저한테 이걸 가르쳐 주시는 거예요?"

간호사는 아무 말이 없었다.

이때는 몰랐다.

이후로 13년간 내가 준영이에게 해주는 가장 많은 일이 이 것이 되리란 걸……. 잠시 후, 우리를 따로 불렀던 의사 선생 님이 들어와 앞으로 준영이가 갖게 될 수많은 장애에 대해 이야기하기 시작했다.

장애, 장애라는 건 너무 생소했다.

멀쩡한 아이를 눈앞에 두고 누가 이런 걸 상상이나 해보겠 는가. 심하게 부었던 뇌는 가라앉으면서 손상이 컸고, 아이는 평생 강직성 장애를 가지고 살아야 한다고 했다. 아이가 앞으 로 한 살, 두 살 나이를 먹어 가면 서서히 회복하면서 어느 정 도는 나아지긴 하겠지만, 결국은 심한 장애를 가질 것이라고 했다.

너무나 절망적이었다.

앞으로 어떻게 해야 하는지 감도 잡히지 않았다. 받아들일 수 없었다. 오진인 것 같았다. 다른 의사는 다른 말을 해줄 것 같았다.

일단 우리 부부는 병원을 옮기기로 했다. 처음으로 갔던 병원은 어린이를 위한 시설이 없어 중환자실도 성인과 함께 사용해야 했다. 그래도 어린이만 전문적으로 보는, 최고의 병원으로 옮기면 무슨 수가 나지 않을까? 막연한 희망을 품고 서울대학교 어린이병원으로 옮겼다. 다행히 미리 외래 진료를 보고 입원 허락을 받아 바로 입원을 할 수 있었다.

입원 후에 곧바로 수많은 검사가 이루어졌다. 너무 급격하게 병이 진행되었던 터라 유전병의 가능성까지 생각했다. 생각해 볼 수 있는 모든 경우의 수를 다 검사했다.

결과는…… 허무했다.

아이에게는 아무런 희귀병도 유전병도 없었다.

그냥 특별한 이유 없이 하나의 병에서 생길 수 있는 최악의 경우와 경우가 겹쳐져, 이렇게까지 된 거라고 했다…….

우리 아들에게 도대체 무슨 일이 일어난 것인가…… 분명 감기였는데 어떻게 일이 이렇게까지 될 수 있는지…… 그날 내가 병원에 입원시키지 않고 집에 있었더라면 이런 일이 일어나지 않았을까?

모든 일이 내 탓인가?

아이가 울 때 내가 등을 너무 세게 두드렸나?

하도 울어서 잠깐 젖을 물렸었는데, 그래서 이런 일이 생긴 건가? 여러 가지 생각이 내 머릿속을 점령하고 또 점령했다.

통나무 같았던 아이는 그래도 시일이 지남에 따라 강직이 조금 풀리고 울음소리도 냈다. 아이의 코에 작은 튜브가 달렸다. 그 튜브의 줄이 위까지 연결되어 먹을 것을 넣어 줄 수 있다고 했다. 병이 급격히 진행되었기에 아이는 그때부터 지금까지 계속 금식이었다. 입으로는 아직 아무것도 먹을 수 없다고 했다. 식사 시간마다 다른 아이들에게는 병원식이 나왔지만, 준영이에게는 조제된 분유가 나왔다.

그 분유를 마치 링거를 맞듯이 높은 곳에 매달고, 튜브 줄을 이용해 위 속으로 천천히 넣어 주면 되었다. 처음에는 물을, 다음에는 분유를, 그다음에는 서서히 양을 늘려서……

그리고 뇌 손상에 따른 여러 가지 장애가 남았다…….

아이는 모든 검사를 마치고, 급성으로 온 증세들이 모두 가라앉아 안정기에 접어들었다는 결과를 받았다. 더 이상 병원에서 해줄 수 있는 것이 없다며 퇴원을 권유받았다.

그저 열심히 재활 치료를 하며 경과를 지켜보자고 했다. 결국, 아이는 각종 경련약과 근육 이완제, 진정제 등을 처방받고 퇴원하게 되었다.

이때는 정말 몰랐다.

내가 들어서게 될 터널의 존재를……

그리고 그 터널이 얼마나 길고 어둡고 외로운지를…….

02

어느 날, 나의 아버지와
나의 아들 사이에서

나의 아버지는 6·25 한국전쟁 당시 1·4 후퇴 때 황해도에서 피난을 내려왔다. 피난 내려올 때도 전쟁이 금방 끝날 거라고 할아버지와 남동생 하나, 여동생 하나만 데리고 잠시 몸만 피한다고 내려왔다고 했다. 두고 온 고향에는 어린 딸과 부인, 어린 여동생들, 그리고 할머니가 남아 있다고 했다. (아버지는 나에게 두고 온 다른 가족에 대해서는 일체 말이 없었다)

장남이라는 책임감이 강했던 아버지는 닥치는 대로 일을 했다고 한다. 대대로 농사와 과수원을 했던 집이라 특별한 기술은 없었지만 닥치는 대로 온갖 건설일에 뛰어들었다. 아버지는 건설에서 잔뼈가 굵어졌다. 남동생은 즉 나의 작은아버지는 공무원이 되었고 혼인도 하여 자식을 보았고, 같이 피난 나온 고모는 수녀원에 들어가 수녀님이 되었다. 어버지는 피난 나오고 한참이나 혼자 살았다고 했다.

어머니는 6·25 전쟁 때 남동생을 잃고 형제 없이 컸다고 했다. 어머니는 한 번의 결혼으로 아들이 하나 있고 이혼 후 혼자였다. 두 분은 작은아버지의 중매로 만나 결혼했는데 늦은 나이의 결혼이라서였는지 자식이 없었다. 나는 결혼 후 여러 해 만에 태어났고, 자식이라곤 나 하나뿐이어서, 어린 시절 이쁨을 참 많이 받으면서 자랐다.

우리 아버지는 또래 친구들의 부모님보다 거의 스무 살 가까이 나이가 많았다. 나를 쉰 가까운 나이에 봤으니 말이다. 어려서 초등학교 운동회에 온 우리 아버지더러 할아버지 아니냐고 이야기한 남자아이를 주먹으로 마구 때렸던 기억이 난다.

그때 내가 너무 속상해서였을까? 그때를 마지막으로 아버지는 더는 운동회에 오지 않았다. 입학식도 안 왔고, 졸업식도 대학교 졸업식 때만 왔다.

언제나 나를 극진히 챙겼다.

내가 뭔가를 해달라고 하면 "안 돼."라는 말을 거의 안 했다. 요즘 말로 딸바보도 그런 딸바보가 없었다. 내 결혼식 날도 신혼여행을 떠나는 차 창문에 자꾸 매달려 마구 우는 바람에 친척분들 여럿이서 겨우 떼어 놓았다.

내가 첫아이를 낳았을 때는 너무 좋아하면서 온종일 업고다녔다. 형제가 없었던 나는 아이 욕심이 많아 아이를 셋이나낳았다. 첫아이를 낳고 6년 동안 생기지 않던 아이가 연거푸들어섰다.

그래서 삼남매의 엄마가 되었다.

세 아이 모두 아버지의 손길이 안 간 아이가 없다. 누구 말대로 반은 아버지가 키워 줬다 해도 맞는 말이다. 셋째를 가졌을 때에는 셋은 너무 힘들 거라 걱정이 많았지만, 막상 아들 손주를 보게 되자 그게 또 그렇게 좋았나 보다. 주위에 아들 손주 봤다고 은근히 자랑하고 다녔다.

건강했던 아버지가 겨울 감기가 너무 오래간다며 동네 병원에 갔다. 엑스레이를 찍은 의사는 큰 병원으로 가서 검사를 받아 보라고 권유했다. 이때까지만 해도 나는 아버지가 큰 병에 걸릴 거란 생각은 꿈에도 하지 못했다. 내 머릿속의 아버지는 항상 천하무적 슈퍼맨 같은 존재였으니까.

아버지는 큰 병원에서 몇 가지 검사를 더 받았다. 의사는 보호자인 나를 따로 불렀다. 폐암이라고 했다. 진행도 많이 되었고, 연세가 있어서 수술도 힘들다고 했다.

연세가 여든을 훌쩍 넘겼으니 그럴 만도……

항암 치료 여부를 보호자와 환자가 선택하라고 했다.

그러면서 동시에 노령의 몸이 강한 항암제를 이겨 내지 못할 수도 있다고 했다. 주위에서는 아버지의 항암 치료 진행을 권유했다. 아무리 암 말기라도 제대로 된 치료 한번 안 해보고 손을 놓는다면 나중에 두고두고 후회할 거라고도 했다. 아버지도 1차 치료를 한번 받아 보겠다고 했다.

그렇게 시작된 아버지의 항암 치료. 아버지는 치료가 진행되는 내내 많이 힘들어했다. 그래도 꿋꿋하게 1차 치료를 잘 마쳤다.

나행이라고 생각했다.

하지만 그사이에 다른 일이 있었다.

아버지가 입원하고 며칠 후에 준영이가 쓰러졌던 것이다. 아버지의 상태와 준영이의 상태가 한꺼번에 엉켜 버려서 내 머릿속은 엉망진창이 되어 버렸다. 같은 병원의 암 병동에는 아버지가, 중환자실에서는 아들이 누워 있는 기가 막힌 상황이었다.

1차 치료를 마친 아버지의 머리카락은 완전히 새하얗게 바뀌어 있었다. 연세에 비해 까만색 머리카락이 꽤나 많았었는데…… 살도 많이 빠져서 왜소해지고 기력도 줄어들었다. 항암 치료를 잘한 건지 의문이 들었지만, 아버지는 괜찮다는 말씀만 연거푸 했다.

2차 항암 치료도 진행하기로 했다.

정신없던 내 의견보다는 집안 어른들의 판단이었다. 아버지의 2차 치료 때 준영이는 이미 중환자실에서 나와 다른 병원으로 간 상태였다.

아이 때문에 제정신은 아니었지만, 병원에는 내가 모시고 갔다. 아버지는 주차장에서 병실까지 내 손을 단 한 번도 놓지 않았다. 어린 시절에 내가 꼭 붙들고 다녔던 아버지의 손을 이제는 나를 의지해서 아버지는 마치 어린아이처럼 내 손을 꼭 잡았다. 그때 내 손을 꼭 잡던 아버지 손의 감촉을 나는 지금도 잊을 수가 없다.

2차 항암을 시작하고 얼마 지나지 않아 아버지의 병원에서 보호자를 찾았다. 의사는 아버지가 2차 항암을 견뎌 내지 못한다고 했다. 아버지에게 고통만 더하는 것이라고, 집으로 모시기를 권유했다.

아버지를 모시고 집으로 돌아왔는데, 아버지는 또 뭐가 그리 괜찮다고 연신 "난 됐다. 괜찮으니까 아이한테 가봐라."라는 소리만 계속했다. 아버지를 집에 모셔 놓고 나는 다시 아들이 있는 병원으로 가야 했다. 집으로 온 아버지는 끼니도 제대로 못 드시고 힘들어했다.

엄마도 나머지 두 아이(준영이의 누나들)에 아버지까지 함께 돌보기가 힘들다고 했다. 집으로 돌아와 마주한 상황은 '이대로는 안 되겠다'였고, 결국 아버지를 호스피스 병원으로 모시기로 했다.

아직 어린 둘째는 어린이집 종일반에, 첫째는 방과 후 학습과 학원 시간표를 짜주었다. 호스피스 병원에서는 아버지의 코에 튜브를 끼워 영양 보충을 하려고 했지만, 아버지는 "이런 거 하느니 죽는 게 낫다."라고 하며 애써 끼운 콧줄을 다 빼버렸다.

그래서 링거로 영양 보충을 하기로 했다. 어머니는 아버지한테는 자신이 매일 올 테니까 나한테는 걱정하지 말고 아이부터 보라고 했다. 당시 일주일에 한 번씩 아버지를 찾아서 뵈었는데, 아버지는 갈 때마다 준영이 이야기를 했다.

그리고 한 달쯤 후부터는 더 이상 아무 말씀도 못 했다…….

아버지를 호스피스 병원에 모시고, 나는 준영이의 재활에 매진했다. 재활 몇 달 한다고 아이가 확 달라지는 것도 아닌데, 그때는 왠지 꼭 그럴 것만 같았다. 아프지 않은 아이를 데리고 아버지에게 가고 싶었다. 가실 때 걱정거리 하나라도 덜어 드리고 싶은 마음이었다. 아버지가 나는 괜찮으니 아이한테 가보라고 연신 말씀하셔서, 더욱더 아이를 열심히 치료해서 아버지에게 데려가고 싶었다.

그런데……

이제 와서 생각해 보면 너무 어리석은 생각이었다.

결국, 나는 아픈 아이를 그대로 안고 아버지의 마지막 순간을 함께 하러 갔다. 아이를 맡기고 아버지의 임종을 지켰다. 아버지는 끝내 아무 말씀도 없으셨고, 아버지는 그렇게 내가 쑨 미음 한 숟갈을 못 드시고 조용히 세상을 떠났다.

나는 내 아이를 일으킬 생각에만 급급해서 정작 내 아버지의 시간이 얼마 남지 않았다는 사실을 깨닫지 못했다. 왜 우리 아버지는 항상 내 곁에 계실 거라는 생각만 했는지는 정말 모르겠다.

아버지를 떠나보내고 3일장 내내 어찌 보냈는지…….

장례식을 모두 끝내고 방에 틀어박혀 팔에는 아픈 아이를, 가슴팍엔 아버지의 영정사진을 품고 하염없이 울기만 했다.

아버지한테 미안했다.

죄송했다.

내가 우리 아버지를 그렇게 보내면 안 되는 거였다. 며칠이나 정신이 있는지 없는지도 모른 채 지나갔다.

아이가 갑자기 고열이 났다.

아버지 생각에 살뜰히 살피지 못한 탓이다.

다시 서울대학교 어린이병원 응급실로 갔다.

40도에 육박하는 아이 체온 때문에 곧바로 여러 가지 검사를 했다. 6월인데, A형 독감이란다. 다시 병원에 입원해야 했다. 항생제를 처방받았다. 입원한 지 하루가 지났을까, 아이의 얼굴이 벌게졌다.

하루가 더 지나자 이제는 온몸이 벌게지며 두드러기가 올라왔다. 의사는 항생제 부작용을 의심하며 항생제를 바꾸자고 했다.

새벽녘이 되자 아이가 숨을 헐떡였다. 주치의와 간호사가 분주히 움직였고, 준영이에게 산소가 투여되었다. 항생제 이상 반응이 너무 심해서 약을 끊어야 한다고 했다. 아이는 일반적으로 많이 쓰이는 페니실린 계열 외에도 주로 쓰이는 항생제에는 다 부작용이 있다고 했다. 결국에는 슈퍼 항생제를 썼고, 다행히 서서히 회복될 수 있었다.

하지만 나는 아버지의 49재에 가지 못하는 불효를 또 저질렀다. 49재는 자식인 나 없이 엄마와 친척들만 참석한 채 치러졌다. 돌아가신 아버지에 대한 죄책감과 아픈 자식 사이에서 나는 어쩔 줄을 몰랐다.

거의 도망가는 심정으로 재활병원에 또다시 아이를 입원시켰다. 이때부터 나는 이 병원에서 저 병원을 옮겨 다니며 거의 집에 들어가지 못하고 준영이와 병원에서 살았다. 그나마 다행인 건, 그래도 엄마가 나머지 두 아이를 돌봐 주었다는 것이다. 그때 나는 바보같이 준영이, 그리고 재활 치료 딱 두 가지만 머릿속에 담아 두었던 것 같다. 그렇게 허망하고 어리석게 사랑하는 아버지를 떠나보냈다.

나는 다시 한 번 정신을 바짝 차려야 했다.

준영이는 꼭 붙잡아야 했다.

다시는 어리석은 선택을 하고 싶지 않았고, 하지 말아야 했다.

두 번째
아픔

인천에 있는 어린이 재활병원에서 재활을 막 들어갔을 무렵이었다. 새벽에 아이가 갑자기 소스라치듯 울기 시작했다. 도대체 어디가 아픈 건지, 아니면 불편한 건지 알 수가 없었다. 새벽 서너 시부터 시작된 아이의 울음은 그칠 기미가 보이질 않았다. 당직 간호사 선생님이 준영이가 너무 심하게 울어 다른 아이들이 잠을 잘 수 없다고 했다.

나는 준영이와 함께 빈방으로 일단 자리를 옮겼다.

열이 좀 있긴 했지만, 경기를 하는 것도 아니고 큰 이상을 찾지도 못했다. 간호사 선생님은 몇 시간만 있으면 의사 선생님이 오니 조금만 기다리라고 했다. 우리 둘뿐인 방 안에서 나는 준영이를 부둥켜안고 있었다. 아이를 꼭 끌어안고 동요를 부르기 시작했다.

"울면 안 돼. 울면 안 돼. 산타 할아버지는……"
"바람 불어도 괜찮아요. 씩씩하니까 괜찮아요……"

어떻게 해야 할지를 몰라 아이를 위해서인지 나를 위해서인지 모를 동요를 쉼 없이 불렀다. (나중에 '괜찮아요'가 들어간 동요는 준영이의 주제가 되었다) 어슴푸레 아침이 다가왔지만 아이의 울음은 계속되었다. 이러다간 안 되겠다, 싶었다.

응급차로 얼마 전에 퇴원했던 서울대학교 어린이병원 응급실로 향했다. 응급실에서는 준영이를 살피더니 응급 MRI를 찍어야 한다고 했다.

MRI라는 말에 심장이 두근거렸다.

MRI 결과가 나오고 담당 교수님이 나와서 나에게 아이의 상태에 대해 이야기를 했다. 동시에 아이가 경기를 심하게 했는지, 아니면 머리에 큰 충격을 받을 만한 일이 있었는지를 물었다. 아이는 갑자기 울음을 터뜨렸을 뿐, 다른 일은 없었다. 교수님은 아이에게 새로운 일이 또 있었냐고 굳이 물을 만큼 머릿속이 다시 부었다가 더 심하게 푹 꺼지고 있다고 말했다.

다시 입원이 결정되고 준영이에게 또 각종 주사제가 투여되었다. 손을 쓸 틈도 없이 아이의 뇌는 또 손상되었다. 정확한 원인도 알 수가 없었다. 전반적으로 다 쪼그라들었다는 뇌가 2차로 가라앉으며 또 손상되다니…… 머릿속이 얼마나 아프고 고통스러웠을까…… 울기 시작했을 때 곧바로 응급실로 데려왔으면 그나마 다른 수가 있었을까…… 나는 또 나자신을 탓했다.

병원에서는 더 큰 장애를 이야기했고, 나는 절망했다.

남편도 나와 같이 아이 곁을 지켰다. 아이는 안아 주면 품안에서는 울지 않고 가만히 있었다.

엄마랑 아빠를 아는 것일까?

그 어떤 진통제보다도 안아 주는 것이 효과가 좋았다. 남편과 나는 24시간 내내 번갈아 아이를 안아 주었다.

차마 아이를 내려놓을 수가 없었다.

이때 나는 정신이 멍했었던 것 같다. 항상 병원 계단에 주저앉아 울기만 했던 것 같다. 이제 우리 아이의 뇌는 대뇌, 중뇌, 시상까지 모두 손상되었다. 말 그대로 '살아만 있는' 상태가 된 것이다. 이제는 내가 들고 있는 패가 아무것도 없는 상태가 된 것 같았다.

어떤 결정을 해야 하는지, 무엇부터 시작해야 하는지 나는 또 길을 잃었다. 내가 이 아이를 잘 키울 수 있을지 자신이 서지를 않았다.

그렇게 몇 주가 흐르고 안정기에 접어들어 퇴원을 했다.

아무리 생각해 봐도 내가 지금 당장 할 수 있는 일은 재활치료밖에 없는 것 같았다. 재활병원으로 다시 가기로 했다. 아니, 나는 이 병원에서 또 다른 병원으로 도망친 것이다.

차마 집으로 갈 수가 없었다. 또 어떤 사태가 닥칠지 두렵고 무서웠다. 하지만 내가 무섭고 힘든 것은 중요한 것이 아니었다.

나는 뭐라도 해야 했다.

나는 엄마니까.

나는 다시 아이를 안고 재활병원으로 들어갔다.

그렇게 두 번째 아픔 이후, 아이와 나의 재활병원 입원 생활은 다시 시작되었다.

04

×××××××

재활이라는
돌덩이

뇌가 손상되면 그 부분을 담당하던 기능이 떨어지거나 아예 기능하지 못하게 되기도 한다. 보통 TV에 나오는 뇌성마비 환자들이 발음이 어눌하고, 걷기가 힘들거나, 아예 못 걷는 경우도 뇌의 말하는 부분, 운동하는 부분, 인지하는 부분 등 모두 뇌의 기능이 떨어져 생기는 것이다. 기능적으로는 멀쩡히 태어나도 뇌가 다쳐 제대로 움직이지 않고 결국 사용하지 않는 근육은 수축되어 그렇게 몸과 팔다리가 휘어져 버리는 것이다.

어린이 재활은 근육이 아직 덜 굳었기에 재활운동을 열심히 하는 것으로 근육의 수축을 줄여 장애를 최소화하고자 노력하는 데 의의가 있다.

하지만 나는 처음엔 재활병원도 '병원'이니까 어디를 콕 집어 고쳐 주는 줄 알았다. 아이의 장애를 처음 말했던 교수님은 아직 아이가 많이 어리니 재활 치료를 열심히 하면 아직 살아 있는 뇌의 작은 부분이 죽어 버린 곳의 기능을 대신해 장애를 줄일 수 있다고 했다.

아이의 장애에 깊은 절망을 하던 나에게는 한 줄기 빛과 같은 말이었다. 그 말은 나에게 이렇게 들리기까지 했다.

"당신 아이는 완쾌될 수 있어요."

아이가 일반병원에서 재활병원으로 옮길 때, 나는 필승을 다짐하는 군인처럼 각오를 단단히 다졌다. 내가 앞으로 열심히만 하면, 쉬지 않고 계속하면 통나무 같은 아이가 나를 바라보고 엄마라고 말해 주고, 고개를 가누어 앉을 수 있을 것만 같았다. 입원해서 집중적으로 치료를 받을 수 있는 어린이 재활병원을 수소문하기 시작했다.

생각보다 어린이가 이용할 수 있는 병원의 수가 너무 적었다. 입원까지 가능한 병원은 더더욱 찾기가 어려웠다. 짧게는 몇 주에서, 길게는 기약을 하지 못한다는 병원까지 이름을 올려놓고 대기해야 했다.

당장 입원할 수 있는 병원이 없는 것 같았다.

결국엔 서울뿐만 아니라 수도권까지 병원을 탈탈 털었다.

한참을 헤매다가 드디어 병원을 찾았다.

인천 외곽에 있는 어린이 입원 전문 재활병원이었다. 대학병원에서 퇴원해 나는 집도 들르지 않고 바로 재활병원으로 들어갔다. 이때만 해도 나는 재활병원도 일반병원과 똑같다고 생각했다.

'뭔가를 고쳐 주겠지. 치료받으면 바로 호전되겠지……'

그렇게 막연한 기대가 있었다. 병을 고치고 낫게 하는 곳이 병원이니까……. 재활병원에 입원하면 환자마다 각자의 시간표와 치료 담당 선생님이 배정된다.

매일매일 운동치료, 작업치료, 연하치료 등 여러 가지 치료가 아이의 상태에 따라 일정이 정해졌다. 준영이도 치료 일정이 잡히고 본격적으로 재활을 시작했다. 아이가 힘들어해도 마음을 단단히 먹고 엄마가 다그쳐야 한다고, 독해져야 한다고 생각했다. 준영이는 시각을 자극하기 위해 번쩍번쩍 불빛이 나는 방에 들어가는 시간도 있었고, 구강을 자극해서 씹고 삼키는 행위를 훈련하는 연하치료, 관절과 근육을 움직여 주는 물리치료 등 여러 종류의 치료 시간이 배정되었다.

아이는 특히 물리치료를 힘들어했다.

치료사 선생님이 몸을 조금만 만져도 금세 아파하며 울음을 그치지 않았다. 그렇게 아파하는 아이를 나는 "선생님 괜찮아요. 조금만 더 잡아 주세요."라며 욕심을 부렸다.

어떤 날에는 아이가 열이 나거나 컨디션이 너무 안 좋아 못 갈 때도 있었고, 또 다른 날에는 다른 아이에게 사정이 생겨 시간이 비는 바람에 우리 아이가 한 번 더 치료를 받을 수도 있었다.

그렇게 치료를 한 번이라도 더 받게 되면 엄마들은 신나서 아이를 데리고 치료실로 뛰어갔다. 그만큼 다들 치료에 목말라 있었다. 치료하는 시간 외에는 모두 병실에서 생활했다. 엄마들은 그곳에서 사는 사람처럼 먹고, 자고, 씻고, 아무 일 없는 듯 일상생활을 했다.

씹는 훈련을 한참 하는 아이들 엄마는 말린 문어 다리를 공동 구매하기도 하고, 잠깐씩 서로의 아이를 봐주거나, 집에서 새로운 반찬이라도 해오면 반찬을 나누며, 그들만의 세계에서 살았다.

보통은 여러 번의 입원 경력(?)이 있어서, 자기만의 방식으로 병원 생활을 했다. 혹여 병실에 초짜 엄마라도 들어오면 이것저것 치료나 생활의 노하우를 공유하곤 했다. 병원에서 견뎌 내려면 다른 보호자들과의 교류가 그만큼 중요했다.

조용히 혼자서만 지내려면 힘드니까. 별로 사교적이지 못했던 나도 자의 반, 타의 반으로 성격이 조금씩 바뀌었다. 이곳에 정상적인 아이는 없었다. 다만, 장애의 정도가 다를 뿐. 병원 안은 또 다른 세계이자 내가 숨을 수 있는 곳이었다. 엄마들은 서로의 사정을 너무 잘 알았다. 그래서 이곳에서만큼은 스스럼없이 농담도 하고 심지어는 웃을 수도 있었다.

점점 슈퍼 파워 엄마의 능력을 갖추게 되는 것이다.

나는 5분 안에 밥을 다 먹고 치울 수 있고, 3분 안에 샤워를 마칠 수 있고, 불과 30초 안에 아이의 기저귀를 복도 끝쓰레기통에 버리고 올 수 있었다.

그러다 어느 순간 엄마들끼리 수다가 시작되면 주제가 참 다양했다. 어느 병원, 어떤 치료사 선생님이 물리치료할 때 몸통을 잘 잡아 준다, 어느 병원, 어떤 의사 선생님이 머리 수술을 많이 시킨다, 어떤 의사 선생님이 경기약을 잘 처방해 준다, 어느 한의원이 좋다, 재활병원에 몇 년간 다니니 누구네 남편이 바람이 났다, 식당에 갔는데 아이 보고 장애아라고 수군거려서 바로 드잡이했다 등 수다를 떨며 다들 웃기도, 시원해하기도, 심각해하기도 한다.

장애아를 데리고 다니다 보면 쳐다보고 수군대는 건 보통 일이고, 굳이 직접 다가와서 애가 어쩌다가 이렇게 되었냐고 묻는 사람도 있다.

화장을 곱게 하고 예쁘게 차려입은 엄마가 휠체어를 끌고 가면 애가 저 지경인데 저 여자 꾸민 거 봐라, 라는 이야기를 듣는 경우도 있다. 엄마들은 자기 아이를 보며 수군거리는 사람들에게 강하게 대처한 엄마들의 이야기를 마치 무슨 영웅담 듣듯이 들으며 내가 당했던 일에 카타르시스를 느끼기도 했다. 바깥세상에 상처받지 않으려고 엄마들은 점점 드세지거나, 아니면 점점 숨어 들어갔다.

아이의 재활은 끝이 없었다.

한 병원에서의 입원 기간은 항상 정해져 있고, 이 병원의 일정이 끝나기 전에 그다음 병원의 일정을 잡아야 했다. 어차피 어린아이가 갈 수 있는 병원은 거기서 거기라 한 번 만난 엄마를 또 만나기 일쑤였다.

지방 아이들은 치료받을 곳이 더더욱 부족해서 방학이면 그야말로 예약 전쟁이 시작된다. 방학 때를 이용해 집중치료를 받기 위해서이다. 통원치료를 하면 일주일에 한 번, 많아야 두 번 정도의 치료밖에 받지 못하니, 입원치료로 효과를 보려는 엄마들의 총성 없는 전화 전쟁이 시작된다.

몇 년간 계속되던 준영이와 나의 재활병원 순례는 점점 쌓여 가는 병원비와 힘들어하는 남은 가족들로 인해 그만두었다.

두 번째 선택지는 통원치료였다.

통원치료는 자리가 나올 때까지 한참이나 기다려야 한다. 나도 오랫동안 예약을 걸어 놓고 대기하다가 통원치료를 시작할 수 있었다. 통원치료는 가성비가 좋지 않았다.

30분 남짓한 치료 시간에 비해 아이를 준비시키고 병원에 오가는 시간이 너무 많이 소요되기 때문이었다. 갑자기 아이가 아파서 몇 번 못 가게 되기라도 하면 내 아이의 고정된 치료 시간이 다른 대기자에게 넘어갈까 봐 마음도 많이 쓰였다.

이러저러한 이유로 우리의 통원치료는 채 1년을 채우지 못했다. 통원치료 때마다 아빠가 같이 가는 것도 어려워지고, 잦은 외출에 아이도 힘들어했다. 결국 폐렴으로 대학병원에 입원한 어느 날에 우리의 통원치료는 끝이 났다.

내가 선택한 마지막 선택지는 사설 재활이었다.

물론 사설 재활원도 있지만, 나는 집으로 와서 치료해 줄 분을 수소문했다. 뇌성마비 아이 카페 등 인터넷을 샅샅이 뒤져서 겨우 치료받을 수 있는 시간을 잡을 수 있었다. 일주일에 한 번이지만 그래도 선생님이 방문해서 치료를 해주니 너무 좋았다. 왠지 아이도 덜 힘들어하는 것 같았고, 아이의 누나들을 내가 돌볼 수 있어서 더 좋았다. 하지만 이 방법도 그리 오래 지속되지는 못했다.

사설 방문치료는 의료보험이 적용되지 않아 너무 비쌌기

때문이다.

결국은 경제적인 이유로 힘에 부쳐 그만두게 되었다.

재활치료를 한다는 것은, 정말 어느 하나도 수월한 방법이
없다. 나와 아이의 재활치료 여정은 5~6년 정도 만에 막을
내렸다. 결국, 나는 그 어떤 방법의 재활도 끝까지 해내지 못
했다.

그때도 생각하고 지금도 생각하는 것은, 내가 그때 조금만
더, 더 꾹 참고 열심히 했으면 어땠을까, 하는 후회이다. 준영
이의 경우 재활치료를 한다고 어떤 드라마틱한 결과가 있는
것은 아니었지만, 막상 그만두니 여러 해를 거쳐 서서히 퇴화
하는 모습이 보였다.

아이를 오랜 시간 간병하면서, 팔다리가 점점 굳어져 구부
리고 있을 때마다, 척추가 한쪽으로 휘어질 때마다, 나는 재
활을 끝까지 못 해줘서 그렇게 된 거라고 자책도 많이 하고
아이에게도 미안했다.

준영이의 재활은 여전히 내 마음속의 돌덩이 같다.

당연히 해줘야 하는 것인데,

해야만 한다는 사실을 알고 있었는데,

나는 그러지 못했다.

솔직히 그때는 너무 벅차고 힘들어서 그랬던 것 같다.

05

처음이자
마지막 치과치료

  우리 준영이처럼 온몸의 강직이 심하고 전신마비에 경기
약을 먹는 중증장애아동은 치과치료를 받기가 매우 어렵다.
일반적인 치과에서는 엄두조차 내지를 못한다. 전화로 문의
만 했을 뿐인데도 대학병원으로 가라고 한다. 그리고 대학병
원에서도 장애아를 전문으로 보는 분을 찾아서 진료를 봐야
한다.

  생후 6개월 정도였을까.
  아이에게는 작은 진주 같은 아랫니가 조금씩 나오고 있
었다.

하지만 아이가 아프고, 호흡이 중요하고, 사는 것, 즉 생존 자체가 중요해진 이후 이는 나의 관심 우선순위에서 멀어졌다. 수시로 토하고, 하루 중 시간의 대부분을 입을 벌리고 생활하는 것이 일상인 아이의 이는 유치가 어느 정도 나면서부터 점점 더 상태가 엉망으로 변해 갔다.

더 이상 치과치료를 미루면 안 될 것 같았다.

서울대학교 어린이병원 치과에서도 장애아를 보는 교수님(아, 길다!)을 찾아서 진료를 봤다. 먼저 삭아 버린 유치와 그 밑의 영구치의 상태까지 살펴보기 위해 구강 엑스레이를 찍어 보기로 했다. 일반적으로 서서 찍는 것이 아니라, 카메라 같이 생긴 기구를 활용해 입안에 필름지를 살짝 넣어 찍는 것이었다.

그런데 막상 입안을 찍으려고 하니 너무 무서웠는지, 아이는 강직이 심해지면서 입 자체가 제대로 벌어지지를 않았다. 찍어 주시는 분과 나와 아빠까지 어르고 달래고 억지로 벌리면서 겨우겨우 엑스레이를 찍었다.

교수님은 엑스레이 결과를 보더니 치료를 받아야 할 이가 여러 개이고, 치료를 하려면 전신마취를 해야 한다고 했다.

첫아이 때 소아치과에서 수면마취를 해봤지만 전신마취라
니……

생각보다 큰일이 되었다.

전신마취로 치료를 하는 것이 쉬운 일이 아니기에 교수님
은 상한 이를 모두 한꺼번에 치료하자고 말했다. 상한 이가
한두 개도 아닌데 한꺼번에 해야 한다는 말에 걱정이 되었지
만, 전신마취를 여러 번 하면서 치과치료를 여러 번 받는 것
이 훨씬 불가능한 일이었다. 이미 삭아 버린 유치는 모두 뽑
기로 했고, 어금니는 신경치료를 하기로 했다.

어차피 쓰지 않는 이는 약해지기도 하고, 구강호흡을 하는
아이의 특성상 이는 큰 의미가 없다고 했다. 하지만 나는 치
과치료도 치료지만, 전신마취에 대한 두려움이 컸다. 교수님
은 마취과 선생님과 잘 협의해서 치료할 예정이니 너무 걱정
하지 말라고 했다. 치료 전날에는 신경과 약만 소량의 물로
먹이면서 아이를 금식시켰다.

드디어 치료하는 날, 전신마취에 들어간다고 하니 마치 수
술을 앞둔 심정 같았다. 아침 일찍 병원에 도착해 간단한 검
사 후 아이를 수술실로 혼자 들여보냈다. 아이를 품에서 떨어

뜨려 놓는 일은 항상 마음이 편치 않았다. 남편과 함께 밖에서 기다렸다.

의자에 앉아 있었지만, 이내 초조해져서 준영이가 들어간 수술실 근처를 어슬렁거렸다.

생각보다 시간이 좀 걸렸다.

생각보다 시간이 더 지난 것 같다, 싶으면 불안한 마음이 스멀스멀 피어난다. 한참을 기다리는데, 치과병원에 "코드블루, 코드블루"라는 방송이 나왔다. 코드블루 방송은 심정지 환자가 발생해서 하는 것이다. 의사들이 갑자기 준영이가 들어갔던 곳으로 우르르 들어갔다.

'무슨 일일까? 설마 아니겠지. 우리 아이는 아닐 거야.'

생각하고 또 생각했다. 심장이 멈추는 느낌이 들어 그 자리에 주저앉았다. 가슴을 졸이며 있는데, 상황이 정리되었는지 의사들이 하나둘 다시 나왔다.

도대체 뭐가 어떻게 돌아가는 건지…… 얼마 지나지 않아 코드블루 방송이 또 나왔다. 의사들은 재차 뛰어 들어갔다.

'이게 뭐지?'

머리가 멈췄다.

내 심장 소리가 너무 크게 들리고 몸이 떨렸다.

눈물이 흘렀다.

얼마의 시간이 또 흘렀을까.

치과와 마취과 선생님이 나왔다. 치과치료는 잘 되었는데, 준영이가 마취를 깨는 과정에서 심정지가 왔었다고 했다. 다행히 모든 상황은 잘 넘어갔고, 아이는 안정을 되찾았다고 했다. 심정지가 두 번이면 또 뇌가 상한 것은 아닌지, 물론 더 상할 뇌도 없지만…… 아이 상태가 더 걱정되었다.

두 분의 의사 선생님은 빠른 처치로 그런 상황까지는 가지 않았고, 지금은 괜찮으니 회복실에서 아이를 보라고 했다. 회복실에는 우리 아이만 있었다. 우리 아들의 얼굴이 통통 부어 있었다. 입술은 벌에 마구 쏘인 듯 부풀어 올라 있었고, 피가 섞인 침을 흘리고 있었다.

나는 아이의 손을 꼭 잡고 침을 닦아 주었다.

"치과치료 시켜서 미안해. 다 엄마 잘못이야."

이렇게 말하며 엉엉 울었다.

모든 것이 다 내가 잘못 돌봐서 일어난 일인 것만 같고, 치과치료를 시킨 것도 죄스러웠다. 회복실에서 두세 시간을 보내고, 이제는 집으로 가도 된다는 말을 들었다.

지금 생각해 보면 하루라도 입원해서 아이의 상태를 더 지켜보고 가겠다고 말했어야 했는데, 우리는 뭐가 무서운지 냉큼 집으로 돌아왔다. 치과치료 하다가 애 죽일 뻔했다고, 남편과 나는 아이를 싸서 안고 바로 집으로 왔다.

중증환아에게 치과치료란, 일반적인 아이들의 치과치료와 전혀 다른, 경우에 따라 위험한 수술이 될 수도 있다는 사실을 깨달았다. 그 이후로는 아이를 데리고 치과로 가는 일이 너무 두려워졌다. 그날이 나에게도 충격이었는지 자꾸 피하게 되었다.

진료 마지막에 교수님은 나에게 아이의 이가 정상적으로 나오지 않을 거라고 했다. 당시 아픈 아이의 모습에 그냥 흘려들었는데, 그 후에 아이의 이는 정말 이상하게 나왔다.

정상적으로 움직이지 못해 얼굴 뼈의 발달도 일반 아이와
는 달랐고, 입속의 잇몸에도 영향을 미쳐 이가 제대로 나올
자리가 없었다. 앞니는 잇몸을 뚫고 나오지 못해 잇몸에 쌓여
있고, 다른 이도 모두 제각각 자기가 나고 싶은 자리를 골라
서 막 나는 것 같았다.

무엇 하나 쉽게 가는 것이 없다는 생각이 들었다.

처음이자 마지막이었던 이때의 치과치료 이후 나는 수시
로 아이의 입안을 거즈로 닦아 주었다. 치과에서는 칫솔질을
권유했지만, 작은 자극에도 잇몸에서 피가 계속 나왔기에 그
것을 또 무시하고 칫솔질을 하기는 무리였다.

이상하게 난 이는 상태가 좋지 못했다. 하지만 나는 또다시
목숨 걸고 치과치료를 감행할 만큼의 용기를 내지 못했다.

아이에게 치과치료는 그때가 마지막이었다.

그리고 무엇보다 아이의 이를 다시 치료해야 할 때쯤엔 이
미 그것보다 훨씬 더 크고 다급한 치료들이 나를 기다리고
있었다.

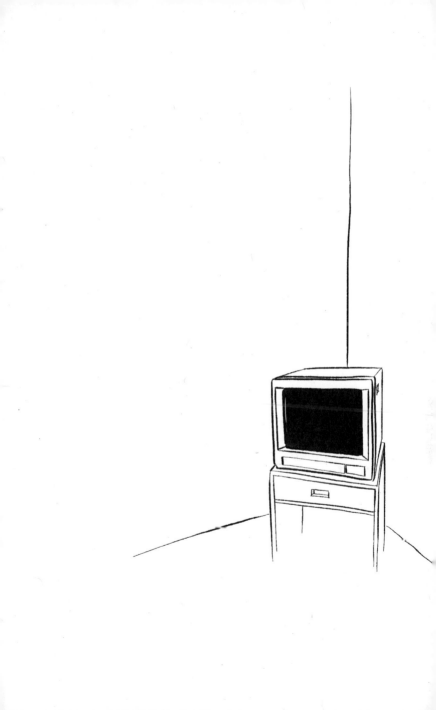

06

◇◇◇◇◇◇

교통사고,
어느 해의 크리스마스

준영이가 아프고 얼마나 시간이 흘렀을까.

어느덧 크리스마스 시즌이 시작되었다. 이쯤 되면 어린이집이나 유치원 등에서는 크리스마스 행사를 많이 한다. 아이들은 산타로 변신한 선생님으로부터 부모님이 미리 보낸 선물을 착한 아이가 되겠다는 다짐을 하면서 받는다.

둘째도 어린이집에서 이 행사를 한다고 했다.

미리 인터넷으로 아이가 소원하던 '콩순이 주방놀이세트'를 사서 몰래 포장해 두었다. 그런데 정신이 없었는지 행사하는 날까지 선물을 미처 어린이집에 보내지 못했다. 내 머릿속에는 다른 아이들은 모두 선물을 받는데, 내 아이만 멍하니 바라만 보고 있는 장면이 그려졌다.

절대 안 돼!, 선물을 빨리 가져다주어야 했다.

준영이를 엄마에게 잠시 맡길 수밖에 없었다.

(엄마는 준영이 돌보기를 무서워했다)

재빨리 뛰어가 선물만 주고 오면 되겠구나, 싶었다. 포장된 선물을 들고 뛰기 시작했다. 빨리 갔다 와야 한다는 생각뿐이었다.

정신없이 뛰었다.

앗, 이면도로에서 갑자기 뭔가에 부딪쳐서 넘어졌다.

운전자가 깜짝 놀라 차에서 내렸다.

한쪽 다리가 불이라도 붙은 듯 몹시 아팠다. 너무나 아팠지만, 머릿속엔 '우리 아이만 선물 못 받으면 어떡해!'라는 생각뿐이었다.

도로에 쓰러져 정신없는 상태에서 어린이집에 전화부터 했다. 방금 교통사고가 나서 제시간에 선물을 못 가져간다고, 우리 아이 좀 챙겨 달라고 했다. 어린이집에서는 깜짝 놀라며 걱정하지 말라고 했나.

그제야 난 운전자와 병원에 갔다. 가까운 병원에서 엑스레

이부터 찍었다. 다행히 뼈에는 이상이 없다고 했다. 의사는 나에게 입원을 권했다. 하지만 내가 입원하면 준영이는 어쩌나, 하는 생각부터 들었다. 눈물이 왈칵 쏟아졌다.

"저는 입원할 수가 없어요. 집에 저만 돌볼 수 있는 아픈 아이가 있어요."

나는 의사에게 사정을 이야기하며 펑펑 울었다.

의사는 어이없어 하며 "그래도 입원하셔야 합니다."라고 했다. 그래도 나는 아이를 돌봐야 한다고, 무슨 일이 있어도 입원만큼은 할 수 없다고 버텼다. 결국 무릎에 붕대를 칭칭 감고, 약을 받아 다시 내원 예약을 하고 집으로 돌아왔다.

교통사고를 낸 운전자가 집까지 데려다주었다. 걷기가 힘들었지만, 절뚝거리며 집으로 갔다. 그 모습을 본 엄마의 눈이 쟁반만 해지더니 "이게 무슨 일이냐!"며 엉엉 울었다.

내 눈에는 아무 일 없이 할머니 품에 잘 있어 준 준영이만 보였다. 나는 자리에 앉자 다친 다리를 쭉 뻗은 채 준영이를 안아 들었다. 진통제 약효가 잘 들었는지 그래도 참을 만했다. 오후에 집으로 온 남편과 딸들도 퉁퉁 부은 다리를 쭉 뻗은 채 준영이를 안고 있는 내 모습에 할 말을 잃어 보였다.

그래도 내가 입원해서 준영이와 함께 할 수 없는 것보다는
이게 훨씬 나았다. 정말 눈물의 크리스마스였다. 선물을 전해
주지 못해 걱정했던 둘째는 인형 하나를 들고 왔다. 선생님이
따로 챙겨 준 산타 선물이었다.

"가영아, 산타 할아버지가 밤에 다시 오신다고 엄마한테 연
락 왔어. 오늘 일찍 자!"

콩순이 주방놀이세트를 은근히 마음에 담고 있었는지, 둘
째는 다시 씩 웃었다.

며칠이 지나 약을 먹고 부기가 좀 가라앉으니, 그래도 절뚝
이며 혼자서 병원에 오갈 수 있었다. 병원에서 약을 처방받고
물리치료를 계속했다.

교통사고를 낸 운전자가 케이크를 사들고 집으로 왔다. 조
선호텔에서 일한다고 하면서 커다란 호텔 케이크를 들고 왔
다. 엄마는 막 화를 내며 그분더러 돌아가라고 했다. 어차피
그분이나 나나 그날 운이 나빴다고 생각했는데, 엄마는 또 그
게 아니었나 보다. 저녁이 되어 식구들이 모두 모였다. 한가

운데 케이크가 놓였고, 모두 빙 둘러앉았다.

"다쳐서 받은 케이크이니, 한 번에 없애 버리자!"

모두 한마음 한뜻으로 밥숟가락을 들었다.

우리는 케이크를 각자 접시에 나누어 담지도 않고 오직 숟가락으로만 모두 먹어 치웠다. 비싸서 그런가? 케이크는 맛있었다. 케이크의 출처는 모두 어느새 잊어버렸다.

다 먹고 서로의 얼굴을 보자 웃음이 나왔다. 이날 이후로 우리 가족은 어떤 케이크를 사도 그날의 그 케이크만을 생각한다. 그날 그 케이크만큼 맛있는 케이크가 없으니까. 눈물로 점철된 크리스마스 교통사고는 우리 가족에게 아픔이 아니라 케이크와 함께 결국 웃음으로 기억되었다.

비록 그 이후로 나는 한참이나 무릎이 시렸지만 말이다.

07

아이가 크면서 감당해야만 하는 것들, 장애인과 법

아이가 한 살, 두 살……

아기에서 어린이가 되어 간다.

아이가 커지면서 간병 방식에도 변화가 생겼다. 처음에는 하루 중 거의 모든 순간에 아이를 품에 안고 있었다. 잘 때도 안고 자고, 잠에서 깨면 품에 안고 앉아 있었다. 아이도 품에 안기는 것이 훨씬 안정감이 있는지, 몸에 긴장도가 덜했다. 하지만 바닥에 내려놓기만 하면 몸이 딱딱하게 굳어지면서 틀어졌다.

아이가 아파서 해줄 수 있는 게 별로 없는데, 안아 주는 것을 좋아한다면 그거라도 충분히 해주고 싶었다. 그렇게 아이

를 품에서 키우는 것은 자의 반, 타의 반으로 내 간병 방식이
되었다.

아이가 크면서 아이의 몸무게도 아기 때와는 확연히 달라
졌다. 안고 있는 시간이 점점 힘들어지던 어느 때쯤, 오른쪽
손목에 작은 물혹이 생겼다. 정형외과에 갔더니 손목 결절종
이라고 했다. 손목을 너무 무리해서 쓴 것 같다고, 손목을 사
용하지 않으면 좋아질 거라고 했다.

이제 아이를 안고서 하는 간병은 힘들어졌다.
아이는 계속 클 것이고, 나는 점점 힘이 빠질 것이기 때문
이다.
이때부터였나, 나는 아이를 눕혀 놓기 시작했다. 누워 있는
것이 싫었는지 아이는 격렬히 저항했다. 몸에 강직이 심해지
고, 팔다리가 반대쪽으로 휘면서 숨소리가 거칠어졌다. 아무
리 토닥이고, 계속 쓰다듬어 주어도 아이는 너무 힘들어하면
서 몸이 굳어 갔다.

가슴이 아팠나.
아이를 다시 안아야 하나……

아이에게 미안하기만 했다.

결국, 병원에서는 준영이의 이상 증상을 줄이기 위해 강직과 긴장을 풀어 주는 약을 대폭 증량시켰다. 많은 약이 들어가니, 아이는 서서히 안정을 찾았다. 힘들어도 넘어가야만 하는 작은 산이었다.

내가 조금 더 힘을 냈으면 약을 줄일 수 있지 않았을까, 생각이 들었다. 증량된 약을 먹고 시시때때로 축 늘어지는 아이를 보며 나는 또 나쁜 엄마가 되었다.

아이가 크면서 발생하는 문제는 이것 말고도 여럿이었다.

가장 먼저, 병원에 가서 아이의 기저귀를 갈 때 더 이상 유아 휴게실을 쓸 수 없게 되었다. 유아 휴게실에 있는 기저귀 교환대는 아기에게 맞춘 크기였기 때문이다. 나는 아이의 기저귀를 갈 수 있는 별도 공간을 물색해야 했다. 우리 아이는 병원에 가면 하나가 아니라 여러 과에서 진료를 봐야 하고, 또 검사라도 있는 날에는 거의 반나절 이상을 병원에 있어야 하기에 필연적으로 기저귀를 갈 수밖에 없었다.

우리 아들에게도 프라이버시라는 게 있는데, 그래도 다른 사람이 없는 장소에서 기저귀를 갈아 주어야 하지 않겠나. 사

람이 별로 없는 한적한 곳은 10여 년 동안 병원 인테리어의
변화에 따라 계속 바뀌었다. 그에 따라 우리 아이가 기저귀를
갈고 밥을 먹을 수 있는 곳도 계속 바뀌었다.

아이가 크면서 발생한 문제 중 가장 힘들었던 것 중 하나
는 휠체어가 아니었나 싶다. 어려서는 안고 다녔지만, 더 이
상 안고 이동하기가 힘들어지자 장애아동용 휠체어를 본격
적으로 알아보기 시작했다. 거의 대다수의 어린이 휠체어는
다리를 못 쓰거나 기력이 없는 아이들을 위한 의자식 휠체어
였다.

최소한 앉을 수 있어야 쓸 수 있는 휠체어라는 이야기.

앉을 수 없고 몸을 뉘어야만 하는 우리 아이가 쓸 수 있는
휠체어는 좀처럼 찾을 수 없었다. 인터넷을 여러 날 뒤져서
겨우 찾아낸 휠체어는 다행히 두세 개 정도의 모델이 있었다.

하지만 안타깝게도 국산은 없었다.

준영이가 사용할 수 있는 휠체어는 해외에 주문하고 배송
이 오기를 기다려야 했다. 우리가 마련한 건 독일산의 중증
장애아동 유모차형 휠체어였다. 우리가 가진 카드가 허락하

는 최장기 할부로 샀다. 웬만한 소형 중고차 값을 치렀던 것 같다.

어쨌든 이 휠체어가 생긴 후부터는 아이를 병원에 데려가기가 훨씬 수월해졌다. 휠체어에는 아이를 눕힐 수 있을 뿐만 아니라, 기계를 실을 수 있는 바구니도 있었다. 드디어 나 혼자서도 아이를 데리고 움직일 수 있게 된 것이다. 많은 외출은 아니었지만, 휠체어 덕분에 나는 몇 년간 아이를 데리고 병원에 조금이나마 수월하게 다닐 수 있었다.

아픈 아이도 성장은 더디지만 크기는 큰다.

우리 준영이도 첫 휠체어를 사고 나서 5~6년이 지나자 키도 커지고 몸집도 커져서 기존 휠체어가 많이 작아졌다. 더이상은 아이를 실을 수 없어, 결국 우리는 새로운 휠체어를 다시 찾아야 했다.

아이가 어른보다는 한참 작고, 아기라기에는 너무 많이 커버렸을 때 휠체어 고르기는 더 힘들어졌다. 이번에도 여러 날의 검색과 고민 끝에 두 번째 휠체어는 일본산으로 샀다. 이때도 우리 아이에게 적당한 국산 휠체어는 찾을 수가 없었다. 그런데 수입 휠체어는 정말로 그 가격이 너무나 사악하다. 그래도 없으면 안 되는 물건이기에 울며 겨자 먹기로, 또 기나긴 할부로 구매했다.

요즘에는 우리나라 제품도 있는 것 같긴 한데, 그 형태와 기능이 다양하지 않다.

휠체어뿐만이 아니다.

아이의 재활운동에 필요한 기구나 씻을 때 필요한 목욕침대도 어린이용은 다 수입산이었다. 수치상으로 훨씬 많은 일반 장애아들도 필요한 물품을 구하기가 어려운데, 중증장애아가 필요한 물품은 언감생심이다.

사치품이나 명품도 아니고, 이제 내가 쓸 일은 없지만, 그저 아이를 이동시키고 씻기고 앉히고 세우는 데 필요한 물건만큼은 수입가라도 조금 낮거나 국내 생산이 늘었으면 하는 바람이다. 나도 아이가 아프기 전에는 전혀 몰랐던 부분이었으나, 막상 내가 이런 상황에 닥치니 정말 생필품을 구할 수 없을 때처럼 절박해졌으니까.

장애의 경중을 떠나서 장애를 가진 이의 필수품이 그렇지 않은 이들에게는 필수품이 아닌 경우가 너무나 많다.

다들 살기가 각박해서일까?

절대다수의 의견과 필요가 아니면 그 해결의 우선순위에서 항상 밀려난다. 장애인은 전체 인구 대비 5.1% 정도의 비율이기는 하나, 통칭해서 장애인이지, 장애의 종류나 경중, 연령별로까지 나눈다면 엄청나게 많은 경우의 수가 있을 것이다.

그 모든 각자의 경우에 따라 필요한 것은 다 다르다.

그래서 몇 줄의 문구에 의지하는 장애인법만으로는 사각지대가 너무 많이 생긴다. 실제로 우리나라의 장애인법 테두리 안에서 중증장애아를 키운 엄마로서 복지 구획이 너무 크게 나뉘어 있어 불필요하거나 받을 수 없는 혜택이 너무 많았다. 내가 장애아를 키우면서 가장 많이 듣던 말 중 하나가 이거였다.

"국가 혜택 없어?"

통상 장애인 연금은 만 18세 이상의 등록된 중증장애인에게 지급된다.

장애아동은 그 혜택을 받을 수가 없다.

아이가 장애를 가지고 있는 건 전적으로 부모의 책임이다. 자녀가 장애인이면 아직까지는 부모가 모든 것을 다 감당해야 한다.

내가 준영이를 키우면서 국가에서 받은 혜택은 수도와 전기 요금 10% 할인, 그리고 장애인 주차구역 주차허가증 정도였다. 그게 어디냐고 한다면 할 말은 없지만, 정작 나는 아이를 키우면서 이 혜택들이 결정적으로 도움이 되었다는 생각은 들지 않는다.

장애아가 있는 가족은 그 구성원 하나하나가 모두 어려운 짐을 하나씩 진다. 장애아 본인은 말할 것도 없고, 그 부모와 형제자매들의 문제도 다 녹록하지 않다. 이런 이야기가 언론을 통해서 나오면 많은 사람은 그저 불쌍하게만 본다.

그뿐이다.

막연히 불쌍하다는 연민보다는 뭐든 그들이 할 수 있게 해주는 것이 중요하다고 생각하다.

장애는 불쌍한 것이 아니라, 불편한 것이니 말이다.

08

장애인 이동권,
장애인 콜택시와 사설 응급차

병원에 아이를 데리고 가야 하는데, 남편이 계속 같이 다녀 줄 수 없었을 때부터 정말로 유용한 것이 장애인 콜택시였다. 장애인 콜택시는 휠체어도, 각종 기계도 무리 없이 실을 수 있고, 그때마다 기사님이 도움의 손길을 너한나. 게다가 가격 까지 저렴해서 아이와 함께 왕복으로 타고 다니기에 좋았다.

하지만 여기에도 단점은 있었다.

차의 구조가 아이를 휠체어에 태운 채로 뒤에 두어야 하기 때문에 아이를 돌보면서 움직일 수가 없었다. 한마디로, 아이 와 내가 따로 앉아야 하는 것이다. 어떤 차는 휠체어가 내가 앉은 좌석 옆까지 깊숙이 들어와 편히 갔던 기억이 있는데, 십수 년간 딱 한 번 타봤다.

차를 지정하지 못하고 무작위로 보내 주는 대로 타야 하기 때문이다. 우리 아이는 혼자 두면 작은 자극에도 부들부들 떨면서 놀라고, 또 가래가 수시로 차오르기 때문에 휠체어에 앉혀 뒤에 태울 수가 없었다. 그리고 이동 중에 아이를 꼭 끌어안고 있어야 했다.

보통의 장애인 콜택시는 노란색 봉고차인 경우가 대부분이다. 택시를 타거나 내릴 때는 내가 혼자 아이를 들어 올려야만 했다.

이때가 이동할 때 제일 무섭고 힘든 난코스이다.

하지만 다른 방법이 없어 꼭 해내야 한다.

나더러 20kg짜리 쌀자루를 끌어안고 봉고차에 올라타라고 했다면 못 했을 것이다. 하지만 아들은 들어 올려 같이 타니, 이것도 '엄마는 위대하다'의 경우에 들어가는 건지는 모르겠다.

장애인 콜택시는 이용하려는 사람의 수가 택시의 수보다 훨씬 많다. 그래서 병원에 갈 때는 늦어도 두 시간 전에는 신청해야 한다. 다행히 핸드폰 어플이 있어서 한번 등록해 두면 수월하게 신청할 수 있다.

그런 적은 거의 없지만, 차가 일찍 와서 병원에 일찍 가게 되면 병원에서 진료 시간까지 기다리기도 한다. 하지만 보통은 아슬아슬하게 도착한다.

장애인 콜택시를 타고 집으로 돌아올 때는 병원에 갈 때보다 더 힘들다. 돌아오는 차를 배차 받으려면 많은 시간과 인내가 필요하다. 워낙 많은 약을 받아야 하기에 병원의 원내약국에서(장애아동은 원내약국에서 외래 진료약을 받을 수 있다) 한 시간은 기본으로 기다리고 시작한다. 하지만 이때쯤 오는 차는 거의 없다.

지루한 기다림과의 싸움이다.

병원에 갈 때는 아이의 점심 약과 저녁 약을 모두 챙겨 가야 한다. 아이의 먹을 것과 먹일 수 있는 여러 도구도 챙겨야 한다. 장애인 콜택시를 기다리며 병원 한구석에서 시간에 따라 아이에게 밥과 약을 먹인다. 하지만 집에 있을 때만큼 먹이지는 않는다. 집에서 먹이는 양의 절반만 먹인다. 혹여라도 움직일 때 아이가 소화가 되지 않아 토하거나 속이 부대낄까 싶어서이다.

그런데 아이가 진짜 속이 부대꼈을까?

그냥 내 추측일 뿐이다.

어쩌면 아이는 배가 고파서 혹은 목이 말라서 더 먹고 싶었을 수도 있다.

아이의 마음은 알 수가 없다.

그냥 내가 생각할 뿐이다.

준영이와 단둘이 있을 때, 나는 내가 말하고 답하면서 혼자서 북 치고 장구를 친다. 장애인 콜택시는 보통 두 시간 정도를 기본으로 기다리지만, 언젠가 한 번은 네 시간이 넘게 기다린 적도 있었다. 병원 사람들이 퇴근하는 모습을 보며 병원 한구석에서 하염없이 기다린다. 집회 등 도로 사정이 생겨 배차가 늦어져도 내가 해결할 수 있는 다른 방법은 없다.

괜한 재촉 전화도 군이 필요가 없다.

그냥 핸드폰 어플을 뚫어지게 바라보며 대기자의 수가 줄어들기를 바랄 뿐이다. 네 시간을 기다렸던 날, 2시에 진료가 끝났는데 6시까지 병원에 있었다.

병원에서 아는 사람들이 인사하며 지나갔다.

"어머, 어머니 아직 안 가셨어요?"

민망했지만, 멋쩍게 인사하며 기다렸다. 장애인 콜택시밖에 없는 나는 기다리고 또 기다려야만 했다. 이마저도 준영이가 더 크고 더 힘들어할 때는 사설 응급차를 이용해야만 했다. 거리를 보면 수많은 응급차가 소리를 내며 지나간다. 이때 잘 들여다보면 국가에서 운영하는 구급차보다는 사설 응급차의 숫자가 훨씬 많다.

그중에는 진짜 급박한 상황도 있지만, 나처럼 중증의 환자를 이동시킬 방법이 더는 없을 때 이용하기도 한다. 응급차는 일단 아이를 눕혀서 이동할 수 있다. 그 외에도 차 안에서 산소를 공급해 줄 수도 있고, 작은 움직임에도 힘들어하는 아이를 신속하게 움직일 수도 있다. 그리고 아이와 내 옆에 응급요원이 한 명 있는 것도 나름 큰 의지가 된다.

하지만 사설 응급차는 이용 가격이 비싸다.

요즘은 미터기로 가격을 책정하기에 예전보다는 나아졌다고 하지만, 그래도 비싸다. 우리 집에서 병원에 갈 때 일반택시는 요금이 만 원이 조금 넘게 나온다. 똑같은 거리를 응급차로 이동하면 10만 원은 족히 나오고도 남는다. 아무리 비싸도 어쩔 수가 없다.

전신을 움직이지 못하고 산소도 필요한 우리 아이에게는 유일한 이동 수단이다. 사설 응급차의 수는 굉장히 많은 편이다.

하지만 이용해야 한다면 반드시 공인받은 곳을 찾아야 한다.

나는 처음 이용할 때 아무것도 몰라서 아무 데나 눈에 보이는 곳을 이용했는데, 응급요원도 없고 차 내부가 너무 허술해서 깜짝 놀랐던 적이 있다.

장애인 이동권에 대한 이야기는 수시로 매스컴에 나온다.

허공에의 외침인지, 항상 그러다가 마는 느낌이다. 나 또한 아이가 아프기 전까지는 관심도 없고, 장애인 콜택시와 사설 응급차가 있는지조차 몰랐다. 매스컴에는 대개 장애인 단체에서 뛰어나와 일반인들의 자유로운 통행에 맞서 과격하게 집회를 하는 모습이 나온다.

하지만 대다수 장애인들은 어려우면 참고, 너무 힘들면 그냥 포기하면서 주어진 삶을 산다. 나에게는 존재조차 모르는 필요 없는 것이라도, 누군가에게는 절실한 하나일 수 있다. 장애인 이동권은 부유한 나라의 복지제도 중 하나가 아니라, 누군가에게는 단 하나밖에 없는 기본적인 권리임을 알아주었으면 좋겠다.

이제는 나에게 해당하지 않는다고 해도 꼭 하고 싶은 말이다.

09

아이에게 뭐든 먹이고 싶은
부모의 마음이 욕심이 될 때

이 세상에서 제일 배부를 때가 있다면, 그건 내 자식의 입에 먹을 것이 많이 들어갈 때일 것이다. 우리 준영이도 아프기 전에는 젖을 참 잘 먹었었다. 아이가 갑자기 아파 뜻하지 않게 중환자실로 들어가면서부터는 한참이나 금식을 했다.

다행히 준영이가 위험한 고비를 넘긴 이후로 병원에서는 물부터 조금씩 주더니 분유도 먹이기 시작했다.

이때 코에 얇은 고무관을 넣어 위까지 바로 흘려보내는 '튜브영양'을 한다고 했다. 튜브영양이든 뭐든 그때의 나는 아이한데 밀 먹인다는 것 자체만으로도 그냥 너무 좋았다. 나는 어떻게든 젖을 짜내서 중환자실에 넣어 주었다. 내가 중환자실 밖에서 아이에게 해줄 수 있는 유일한 일이었다.

하지만 아이가 빨지를 않으니 젖은 차츰 말랐고, 더 이상 아무것도 줄 수 없을 때까지 아이는 중환자실에 계속 있었다.

한 달이 지났을까.

준영이가 드디어 일반 병실로 오게 되었다.

내가 준영이를 다시 품에 안았을 때 준영이는 코에 튜브, 그러니까 콧줄을 끼고 있었다. 이때만 해도 나는 준영이의 영구 장애를 받아들이지 못했다. 콧줄은 임시방편이고, 우리 아이는 다시 입으로 뭐든 먹을 수 있을 거라고 생각했다.

원래 건강한 아이였고, 위험한 고비는 넘겼으니, 마치 팔다리가 부러져서 수술을 한 아이처럼 점차 회복될 것이라고 여겼다. 일반병원에서 재활병원으로 옮기면서도 아이의 회복을 믿어 의심치 않았다.

재활병원에서는 원래 뭐든 먹었던 아이는 그런 기회가 아예 없었던 아이보다 다시 먹을 확률이 높다고 했다. 집으로 돌아와서도 나는 계속 아이의 회복을 바라고 믿었다. 재활병원에서 배운 대로 입안에 손가락을 넣고 이리저리 자극시키고, 또 여러 가지 맛을 혀에 묻혀도 주었다.

재활로 회복이 된 건지, 뭔지는 몰라도 몇 달이 지나자 아이가 입을 오물거렸다. 외할머니가 시골에서부터 공수한 알밤을 삶아 우유와 꿀을 듬뿍 넣어 곱게 갈아 주니, 입을 조금씩 오물거리기 시작했다. 그 모습에 온 식구가 놀라며 기뻐했다.

처음에는 한 숟갈로 시작해서 조금씩 조금씩 양을 늘려 갔다. 그러다 보니 어느새 간장 종지 하나만큼은 먹일 수 있게 되었다.

욕심이 생겼다.

나름 영양을 생각한다고, 소고기, 찹쌀가루, 채소 여러 종류를 푹 삶아 곱게 갈아서 먹였다. 솔직히 맛은 별로 없었다. 하지만 이것도 아이는 오물오물 곧잘 받아먹었다.

한번 먹이기 시작하면, 두어 시간은 먹여야 했다.

아이는 마치 나무늘보와 같은 속도로, 소가 되새김질하듯 오물거리며 한 번을 삼킬 때까지 시간이 꽤 오래 걸렸다. 소고기죽, 긴 밤, 비니니, 이이용 요거트 등 그때의 나는 아이가 깨어 있을 때 오로지 먹는 것에만 집중했다. 병원에서는 기도로 음식물이 넘어갈 것을 걱정했다. 삼킴검사도 여러 번 받았다. 의사는 흡인성 폐렴을 우려했지만, 나는 아이에게 입으로 먹이는 것을 고집했다.

그러던 어느 날, 아이는 고열로 또 입원을 했다.

폐렴이었다.

하지만 더 놀라운 것은 피검사에서 아이에게 구루병 의심 소견이 나왔다는 것이다. 하루 종일, 정말 하루 종일 먹였는데, 아이가 영양실조라니…… 병원에서는 입으로 먹이기에 대해 부정적인 의견을 강하게 이야기했다.

나의 아집으로 아이를 또 힘들게 했다는 자책감이 밀려왔다. 결국, 아이의 위에 바로 먹을 것을 넣어 줄 수 있는 관을 꽂는 위루관 수술을 하기로 했다. 위루관 수술은 수술 후 일주일 정도면 퇴원할 수 있는 비교적 간단한 수술이라고 했다. 우리는 날짜를 잡아서 다시 입원해 수술을 받기로 했다.

아이는 수술할 때 전신마취를 해야 했다.

나는 치과치료 때의 일로 인해 많은 걱정을 했는데, 병원 측에서는 이비인후과 선생님이 수술에 참여해 기도에 문제가 있는지 살핀다며 나를 안심시켰다. 아무리 간단한 수술이라도 아이를 떼어 놓는 건 항상 불안하고 힘이 드는 일이다. 아이를 수술실에 들여보내 놓고 나는 그 앞에서 좀처럼 발을 뗄 수가 없었다.

병실로 올라가서 기다리라고 했지만, 차마 그러지 못했다.
그렇게 얼마나 시간이 흘렀을까……
준영이의 수술이 무사히 끝났다고 했다. 예전처럼 코드블루는 없었지만, 아이의 호흡 때문에 중환자실에서 하루를 보내기로 했다. 수술이 잘된 것은 다행이었지만, 왠지 기분이 씁쓸했다. 이제 더는 아이가 입으로 오물거리며 먹는 모습을 볼 수 없다는 사실이 슬펐다.

아이가 일반 병실로 오고 금식 기간이 끝나자 위루관이 제기능을 잘하는지 보려고 식염수를 넣었다 빼보는 검사를 했다. 그런데 식염수가 잘 들어가기는 하는데, 도통 나오지를 않았다. 의사들은 당황했고, 준영이는 다시 금식 처방을 받았다. 위루관이 제 기능을 못 하자 각종 검사가 시작되었다.

위내시경 검사와 CT 촬영을 했다.

위내시경 검사 때는 수면마취가 도통 되지 않아 고생했고, CT 촬영 때는 조영제의 부작용으로 온몸이 불에 데인 듯 부르터서 고생했다. 뭐 하나 쉽게 넘어가는 것이 없었다. 여러 검사에도 원인은 쉽게 밝혀지지 않았다.

결국 TPN(종합 비경구 영양법)으로 아이의 모든 영양을 대체하기로 하고, 다시 금식이 시작되었다. 목 밑에 중심정맥관을 잡고 그 노란색 수액에 모든 것을 의지했다. 일주일이면 끝날 줄 알았던 수술은 하염없이 시간을 갉아먹었다.

한 달이 지나고, 두 달이 지나고……

장기간의 입원은 나를 짓눌렀다.

마침내 석 달이 넘어가니 도저히 버티기가 힘들어졌다. 어쩔 수 없이 생계를 책임지는 남편에게 도움을 받기로 했다. 당시 막 자영업을 시작했던 남편은 2박3일을 나와 교대해 주기로 했다. 숨통이 트이는 것만 같았다. 내가 집에 가니, 두 아이도 뛸 듯이 좋아했다.

TPN을 얼마나 맞았을까……

어느 날부터인가 아이에게 부기가 보였다.

팔다리의 두께가 눈에 띄게 달라졌다. 병원에서는 또 각종 검사가 시작되었다. 한바탕 검사가 끝나고, 정말 어이없는 결과와 마주했다. 아이는 부은 것이 아니라 살이 오르고 성장을 한 것이었다. 그동안 부족했던 영양분을 스펀지가 물을 빨아들이듯 빨아들여, 그 짧은 시간 동안 그렇게 급성장을 한 것이다.

웃어야 할지 울어야 할지……

아이의 몸은 성장했지만 증상에는 차도가 없었다.

수술 직후에는 완전 금식으로 신경과 약을 복용할 수가 없었다. 주사제로 대체가 가능한 약만 주사로 맞았다. 약이 일부만 들어가니, 아이는 도통 잠들지를 못했다. 이틀 내내 한숨도 못 잤다. 3일 차가 되자, 결국 신경과 약만 소량의 물로 먹였다. 신기하게도 여러 가지를 섞은 섞어찌개 같은 신경과 약이 우리 아들을 재워 주었다. 아이가 잠을 자니, 그래도 조금은 덜 힘들어 보였다.

그날이 그날 같은 날들이 얼마나 지났을까.

같은 병실의 다른 침대에는 얼마나 많은 아이들이 왔다 갔을까. 어느 날, 담당 교수님이 나를 병실 밖으로 따로 불렀다.

예감이 좋지 않았다.

아이가 발병하고 처음에도 그랬던 것처럼, 따로 부르면 항상 무서운 말만 들었다. 역시나 예감대로 교수님은 아이의 어두운 미래를 이야기했다. 이대로 원인이 계속 밝혀지지 않고 수액에 의지하게 되면 마지막까지 생각해 봐야 한다고…….

마지막…… 마지막이 뭐지?

처음 들었을 때는 무서웠는데, 여러 번 들으니 그냥 멍했다. 병실에 돌아와 아이 얼굴을 물끄러미 바라봤다. 초점 없는 눈동자, 살짝 벌어진 입술, 거친 숨소리…… 아이의 입에 뽀뽀를 했다.

"준영아! 이렇게 예쁜 입은 먹기 위해서도 아니고, 말하기 위해서도 아니고, 엄마랑 뽀뽀하려고 생긴 거란다."

나도 모르는 눈물이 또 나왔다.

무기력한 하루하루가 또 지나갔다.

그러던 중, 또 큰일이 생겼다.

아무런 전조 증상도 없었는데 위루관이 아이의 몸 밖으로 툭 빠져 버렸다. 간호사 선생님들과 담당 주치의 선생님이 뛰어오고, 나는 또 뒤로 물러나 있어야 했다.

이건 또 무슨 일인지……

주치의 선생님은 위루관을 응급으로 꽂고, 담당 교수님이 오기를 기다렸다. 담당 교수님은 아이에게 바로 오지 않고 간호사실에서 무언가를 컴퓨터로 보며 회의를 했다. 드디어 담당 교수님이 오더니 그동안 막혔던 준영이 위루의 원인을 찾았다고 했다. 수술 당시 준영이는 척추가 휜 상태에서 위의 위치도 좋지 않아 힘겹게 수술했다고 말했다.

준영이의 위 안에는 위루관과 그 관이 빠지지 않게 풍선 같은 것이 지지를 하는데, 그것이 위루관 바로 아랫부분을 막아 그동안 들어가기는 하지만 나오지는 않는, 그런 구조의 위루관 상태였다고 했다. 교수님은 앓던 이가 빠진 것처럼 시원하게 이야기했지만, 나는 어이가 없었다.

몇 달간의 고된 입원 생활이 주마등처럼 스쳐 지나갔다.

결국, 준영이는 고정 풍선이 상대적으로 작은 단추형 위루

✱

087

관으로 위루관 교체 시술을 다시 받고 위루로의 급여 연습을 시작했다. 처음에는 물로 조금씩, 그다음에는 영양액을 위루관으로 먹는 양을 조금씩 조금씩 늘려 나갔다.

이 역시 처음에는 수월하더니만 마지막쯤에 문제가 또 생겼다. 아이의 소화 능력이 너무 좋지 않았다. 그전에도 소화 능력이 좋지 않아 약을 계속 복용했지만, 지금은 약의 작용이 느껴지지 않을 만큼 소화가 되지 않았다.

몇 가지 약을 써보다가 안 되겠는지 선생님이 에리트로마이신이라는 약을 꺼냈다. 원래는 항생제로 만들어졌으나, 소화 능력을 탁월하게 높여 주는 역할도 한다는 것이다. 준영이도 사용해 보자고 해서 주사약으로 처방받았다.

약은 기대치 않게 만족할 만한 효과를 보였다. 먹은 지 서너 시간이 지나면 위에 가득했던 영양액이 모두 소화되었다.

내 속이 다 시원해졌다.

약의 도움으로 준영이는 드디어 TPN을 떼고 새로운 위루관으로 무리 없이 영양을 공급받았다. 새로운 약을 찾고 아무 문제가 없자, 퇴원 이야기가 오갔다. 나는 준영이에게 효과가 좋았던 약을 먹는 약으로 처방받아서 집에 가져가고 싶었다.

그런데, 병원에 약이 없단다.

이 약은 정말 기초적인 약으로 단가도 얼마 안 하는데, 의료 수가가 너무 낮아 우리나라 제약사들이 만들지를 않는다고 했다. 뭐 이런 황당한 경우가……. 약을 구할 수 있는 방법은 하나뿐이었다. 병원에서 한국희귀필수의약품센터에 신청하면 센터에서 약을 수입하여 환자에게 주는 방법뿐이라고 했다.

물론 약값과 약이 배송되는 과정에서 생기는 배송비도 모두 환자의 몫이었다. 아이가 아프면서 이런저런 어려운 일을 많이 겪을 만큼 겪었는데도 실소가 터져 나왔다. 약값은 배송비까지 합쳐서 30만 원이 조금 넘었다. 한 병을 주문하면 한 달 조금 안 되게 먹일 수 있다고 했다.

뭐, 어쩌겠는가.

절실한 사람이 그렇게라도 약을 구해야지…….

약이 올 때까지 준영이는 주사약을 맞아야 했고, 우리의 입원 기간은 또 늘어났다. 이제는 병원 생활에 너무 익숙해진 나머지 집에 가면 어떻게 지내야 하나…… 걱정이 되었다.

애타게 기다리던 약이 도착했다.

약에 대한 설명을 담당 주치의 선생님에게 들었다. 어렵사리 구한 약은 건조 시럽이었다. 정해진 양의 물을 넣어 시럽으로 만들어야 하는 가루였다. 냉장 보관 필수에, 보관 기간이 짧아 한 달 지난 약은 먹이지 말고 폐기해야 한다고 했다. 기초적인 약이지만 돈이 안 되기에 우리나라에서는 만들지 않는 약. 원래 가격보다 몇 배의 값을 들여 외국에서 겨우 들여온 귀한 약.

작은 약병을 받아들고 나니 나는 한숨부터 나왔다.

그래도 일단 퇴원을 할 수 있으니, 그게 어딘가 싶었다.

병원 생활이 길었던 만큼 이삿짐이 참 많았다. 퇴원일 전에 따로 한 번 날라야 할 만큼…… 퇴원일에는 담당하던 모든 의료진이 다 축하를 해주었다. 무슨 금의환향이라도 하는 것처럼 웃으면서 온갖 약들과 호흡기 치료제, 여기에 위루로 먹일 영양제까지 바리바리 싸서 들고 집으로 돌아왔다.

그 후로도 짧게는 사나흘부터 길게는 한 달여까지 수많은 입원이 있었지만, 이때의 기나긴 입원은 모든 가족에게 큰 영향을 미쳤다.

남편이 시작하던 일에 타격을 주어 경제적으로 훨씬 힘들어지기 시작했고, 큰아이에게는 남들보다 아픈 사춘기가 시작되었다.

그리고……
엄마의 도움을 받을 수 있었던 마지막 입원이기도 했다.
그랬다.

준영이와의 여행 1,
첫 여행

수많은 장애아동을 둔 가족들에게 가장 하고 싶은 것을 꼽으라고 하면, 아마도 열에 아홉은 가족여행을 이야기하지 않을까 싶다.

아이 간병이 5년을 넘어서고, 둘째가 곧 초등학교에 입학할 나이가 되자, 여행을 가고 싶다는 마음이 가슴 한구석에서 몽글몽글 피어났다. 아이의 병상 옆이 아니라, 집 안이 아니라, 동네 마트 주변이 아니라, 조금 더 먼 곳으로 가고 싶었다.

숲이 우거진 곳이든, 바닷물이 출렁거리는 곳이든 상관없이 도시를 벗어나고 싶었다.

그런데 가능할까?

가서 갑자기 아프면?

다녀와서 아프면?

수많은, 대개가 부정적인 경우의 수들은 '가고 싶다'라는 마음에 가려졌다. 망설임과 주저함의 끝엔 '올 여름에는 어떻게든 가고야 만다!'라는 지상 최대의 목표가 생겼다. 7월에 갈 거라고 생각하고 4월부터 우리 가족이 갈 수 있는 곳을 추리기 시작했다.

첫째, 가까운 곳일 것. 움직임은 적을수록 좋다.

둘째, 자연이 가까울 것. 여름이니 나무가 우거지거나 물가라도 상관없었다. 그저 바람 소리가 들리는 속 시원한 곳에 가고 싶었다.

셋째, 식당 같은 곳을 방문하기는 어려우니 매 끼니 해먹을 수 있는 곳일 것.

넷째, 나머지 아이들도 즐길 거리가 있는 곳일 것.

이것저것 따지면서 차와 포를 모두 떼고 나니, 갈 수 있는 곳이 그리 많지 않았다. 결국 낙점된 곳은 경기도 가평의 어느 숲에 위치한 독채 펜션이었다. 큰 수영장도 있고, 숙소 거실 앞에 바비큐를 할 장소도 있어서 괜찮았다.

그런데 예약을 하려고 보니 그놈의 성수기 요금은 왜 또 그리 비싼지…… 아이가 셋이라 추가 비용도 내야 했다. 부담스러운 가격이었으나, 그냥 눈을 딱 감고 질러 버렸다. 예약을 하고 나니 비로소 여행을 간다는 사실이 실감 났다.

준영이를 어떻게 돌봐야 할지, 가서 뭘 해먹을지, 어떤 것을 가져가야 할지 등 많은 질문이 답을 기다리고 있었다. 온 가족이 가는 첫 여행에 모두가 기대하는 마음으로 손꼽아 기다렸다. 특히나 준영이의 두 누나가 뛸 듯이 기뻐했다. 아이들의 기뻐하는 모습에 나도 절로 행복했다.

2박 3일.

짧다면 짧은 기간이지만, 나에게는 도전과도 같은 시간이었다. 매 끼니를 해먹어야 하니, 가져가야 할 음식 재료 손질만 해도 손이 많이 갔다. 그래도 무언가 새로운 것을 준비한다는 사실만으로도 나는 설렜다. 우주선을 타고 달에 가는 것도 아닌데, 하나하나 매 시간 먹고 마시고 놀 것들을 계획했다. 여행에 가서 단 한 시간도 의미 없는 시간을 보내고 싶지 않았다.

여러 가지 여행 준비 중에 가장 신경을 쓴 일은 무엇보다 준영이의 컨디션 조절이었다. 여행 날짜는 정해졌고, 준영이의 상태가 갑자기 안 좋아지기라도 하면 애써 세운 모든 계획은 한순간에 물거품이 될 수도 있었다. 점점 날짜가 다가오자 누나들은 거의 매일 "오늘 준영이 열났어?" 하고 물어봤다. 모든 가족이 준영이가 열이 났는지, 어디 아프지는 않은지에 집중했다.

드디어 여행의 날이 다가오고 우리 가족은 짐을 싸기 시작했다. 아이들과 함께 하는 모든 여행이 다 그렇겠지만 챙겨야 할 것들이 정말 많았다. 일반적인 준비물 외에 준영이 짐까지 더하니 2박 3일 여행 짐이 이삿짐 같았다. 준영이의 유모차형 휠체어까지 꾸역꾸역 다 싣고 나서야 우리는 집을 나설 수 있었다. 준영이는 내가 품에 안고 갔다.

병원 외래진료를 갈 때도 그랬지만, 아이는 내가 품에 안고 있으면 가래도 줄고, 갑자기 예고 없이 뻣뻣해지는 강직 증상도 눈에 띄게 줄었다. 편하게 갈 때도 많았다.

교외로 나오는 것이 얼마 만인지 모르겠다.

지나가는 풍경 속 나무 하나, 풀 한 포기가 반갑고 즐거웠다.

숙소에 도착하자마자 식구들은 너나 할 것 없이 이삿짐(?)을 옮기느라 바빴다. 나는 숙소 거실 한가운데에 준영이를 위한 간이 병실을 꾸몄다. 그렇게 대단한 것은 아니지만, 석션 기계와 그 부속품들, 체온계, 여러 종류의 약들과 약을 먹일 주사기 등 필요한 것들을 모두 갖춰 놓고 아이를 눕혔다.

여기서도 나의 가장 우선순위는 준영이 돌보기였다.

아이들은 집 밖으로 모든 가족이 나왔다는 사실만으로도 즐거워했다. 금방 저녁 시간이 되어 숙소 발코니에서 불을 피우고 고기와 채소를 구웠다. 거실 바로 앞에 위치한 발코니에서는 준영이가 바로 보여 나도 제때 같이할 수 있었다. 준영이는 휠체어에 누워서 우리가 식사할 때 바로 옆에서 위루관으로 영양액을 먹었다.

여름밤은 정말 좋았다.

밤하늘에는 별이 떠 있고, 풀벌레 소리가 들리고, 시원한 바람이 불었다. 화로에서는 탁탁 소리가 나면서 고구마가 구워졌다. 남편과 맥주 한잔을 기울였다. 평안한 저녁이었다. 숨을 깊이 들이쉬고 내쉬니 온몸에 편안함이 퍼져 나갔다.

눈앞에는 삼남매가 모두 있었다.
깔깔거리며 노는 녀석,
그 녀석을 놀리는 녀석,
그냥 누워서 멍 때리는 녀석······

모두 자신만의 방법으로 휴식을 취하고 있었다. 이 순간이 부디 오랫동안 이어지길 바라는 마음으로 남편과 나는 아무 말 없이 밤 풍경을 즐겼다. 그렇게 첫 여행의 첫 밤을 보냈다.

다음 날, 오롯이 놀기 위한 날. 두 누나는 수영복을 입고 하루 종일 수영장에서 놀았다. 오늘도 자연스레 두 누나는 아빠 담당이 되고, 준영이는 내 담당이 되었다. 뜨거운 여름 한낮은 아무리 산속이어도 더웠다.

에어컨 밑에서만 있다가 준영이를 데리고 밖으로 나가고 싶었다. 낑낑거리며 휠체어에 준영이를 눕혀 수영장으로 향했다. 자갈 바닥이라 그런지 휠체어 미는 것도 큰일이었다.

펜션 내의 수영장은 한적해서 아이들이 놀기 좋았다.

준영이를 수영장 가까이 데려갔다. 소리라도 들을 수 있지 않을까 생각했는데, 아이는 놀라서 부들부들 떨며 강직이 시작되었다. 시끄러운 소리에 놀랐는지, 아니면 물이라도 튀었는지 모르겠지만, 서둘러 숙소로 돌아왔다.

자리에 눕혀 한참을 만져 주니 다시 안정을 찾았다. 나는 그렇게 준영이 옆자리에 다시 앉았다.

저녁 때는 가족들이 모여 앉아 대여해 주는 보드게임 한 판을 하고 영화를 봤다. 준영이의 상태가 아무래도 꺼림직했지만, 특이 증상이 없어 그냥 지나갔다.

문제는 새벽에 일어났다.

준영이가 열이 났다.

이런, 이런, 이런!

서둘러 해열제를 투여하고 네블라이저(호흡기 질환에 사용하는 의료기기)를 돌리고 석션을 했다. 이걸로 해결되지 않으면, 그다음은 물수건이었다. 아이 몸 구석구석을 물수건으로 닦아 주었다. 잠시 열이 내리면 언제 그랬냐는 듯이 잠이 들지만, 열이 다시 오르면 숨을 쉬는 소리부터 달라졌다. 열이 나기 시작하면 마치 군대에서 진돗개 하나라도 발령한 듯 경계 태세에 들어가야 한다. 하물며 이곳은 산속이니, 잠시도 긴장을 늦출 수가 없었다. 그렇게 여행의 마지막 밤을 보냈다.

본의 아니게 산속이 어둠에서 벗어나 아침을 맞이하는 광경을 마주했다.

아들, 정말 고마워.

워낙에 아침잠이 많아 일출은 꿈도 못 꾸던 나는 우리 아들 덕에 종종 일출을 본다. 아침이 되자 나는 벌게진 눈으로 늘어졌다. 준영이는 자기 할 일이 다 끝났는지 아침 약을 먹고 잠이 들었다.

집으로 돌아가는 짐은 남편과 아이들이 챙겼다. 오전에 숙소를 비워 줘야 하므로 우리는 짐을 싸서 바로 집으로 돌아왔다.

돌아오는 길에 왠지 허전한 마음이 들었다.

나에게는 일상이 기다리고 있었다.

마지막 날 준영이가 아팠던 이유가 우리만 생각하고 준

영이는 생각하지 않아서, 그렇게 벌였던 여행 때문은 아닌
지……

미안한 마음이 들었다.

누나들은 첫 가족여행의 여운이 오래갔다. 그렇게 대단한
여행은 아니었지만, 우리는 지금도 이 여행을 기억하며 곰탕
우리듯이 이야기를 나누곤 한다.

11
✺✺✺✺✺✺

중증장애아 엄마가
세상과 소통하는 방법

아이 옆에서 아이를 지킬 때 늘 촉각을 곤두세우고 있어야만 하는 것은 아니다. 언제 어떻게 생길지 모르는 기침 가래를 빼줘야 하기에 멀리 갈 수 없을 뿐이다. 이제 아이는 삼킴 기능이 거의 없어 침조차도 못 삼키는 상태가 되었다. 기침 가래가 잘못되면 호흡에도 지장을 주거나 폐로 흡입될 가능성이 있어서 바로바로 빼줘야 한다. 그렇지 않으면 아이가 고통스러워하거나 위험해질 수도 있다.

처음에 아이가 아프기 시작할 때는 잠시도 가만히 있지를 못했다.

뭐라도 해야 마음이 편했다.

아이에게 도움이 되는 어떤 일이라도, 사소한 일이라도 하고 있어야 했다. 예를 들면 기저귀나 필요한 물품의 위치를 계속 바꾼다거나, 아니면 손가락과 발가락을 하나하나 닦아 주고, 하다못해 부채질이라도 하고 앉아 있어야 마음이 편했다.

하지만 한 해, 두 해, 여러 해가 지나고 1년의 1/3 정도는 입원하는 생활이 계속되자 나는 지쳐갔고, 세상과 점점 더 단절되어 갔다.

나만의 성이 쌓여져 갔다.

시간과 숫자로 둘러싸인 나의 성은 견고했다.

그 누구도 들어올 수 없고, 나갈 수도 없었다. 대통령이 바뀌어도, 올림픽이 열려도, 새로운 유행이 스쳐 지나가도 나와는 상관이 없었다.

아이의 침대 곁에 컴퓨터를 설치했다. 컴퓨터로 바깥세상을 구경하기 시작했다. 컴퓨터는 내가 세상을 볼 수 있는 유일한 창구이자, 나를 잠시 다른 곳으로 보내 주는 미법의 양탄자였다.

쇼핑 사이트에서 사지도 않을 물건들을 평가하고 비교하고, 장바구니에 담았다가 뺐다. 나의 쇼핑 욕구를 컴퓨터 전기세 정도로 해결해 주는 아주 가성비 좋은 쇼핑이었다.

몇 년은 컴퓨터로 여행을 다녔다.

괌도 가고, 홍콩도 가고, 유럽도 가고, 크루즈로 여행하며 알래스카까지 다녀왔다. 모든 여행은 집에서 공항 가는 것부터 해서 묵을 숙소, 봐야 할 것들과 비용에 이르기까지 인터넷의 정보들을 통해서 바로 당장이라도 떠날 듯 계획을 세웠다. 같은 장소에 대한 계획을 네다섯 번쯤 세우고 나면 마치 여행을 갔다 온 듯했다.

내 머릿속에서는 숙소의 위치와 식사 해결 등 수많은 경우의 수를 되짚어가며 최적의 경로로, 최상의 가성비로 쉴 새 없이 여행을 다녔다. 혼자만의 여행일 때도, 부부 동반 여행일 때도, 가족여행일 때도 있었다. 나의 상상력은 나를 항상 여러 곳에 갈 수 있게 해주었다.

하지만, 아이가 병원에 입원하면 나는 또 혼자가 되었다.

한두 해도 아니고, 1년 중 여러 번씩 하게 되는 입원 생활에 더 이상 찾아 주는 이는 아무도 없었다. 남편이나 아이들과 전화 통화를 하는 것 외에 내가 대화할 사람은 의료진이 유일했다.

병원비에 대한 부담으로 항상 다인실에만 입원했던 우리는 준영이의 병상과 내가 누울 수 있는 자리를 구획해 놓은 커튼 속에서 생활해야 했다. 다인실은 항상 많은 사람이 오가지만, 커튼을 꼭 닫으면 나름 아늑했다. 커튼 속에 있으면 식사 시간에 그 속으로 조리 담당 선생님이 식판을 쑥 넣어 주었다. 그럼 고맙게 받아 그 안에서 밥을 먹었다.

병원 생활 중반부터였을까.

병원식을 시켜 봤자 준영이는 못 먹으니, 내가 먹으며 생활했다. 하지만 준영이의 병원 생활 초기에는 의료보험이 안 되는 보호자 식사를 따로 주문해야 했다. 처음에는 멋모르고 그 식사를 받아먹다가, 병원비에서 식대를 보고 놀라서 까무러쳤다.

과장 조금 보태서 아이 치료비랑 내 밥값이 거의 맞먹었다. 가지고 있던 어린이 보험에서 코드가 없나는 이유로 보험금 지급을 거부당한 우리로서는 기함할 만한 일이었다. 그래서 그다음 입원부터는 라면, 햇반에 김치, 초코우유, 빵 같은 것으로 끼니를 때웠다.

이것도 하루 이틀이지, 병원에서 이렇게 먹고 버티기가 힘들었다.

굶기도 참 많이 굶었다.

이때는 먹는 것이 제일 힘들었다. 태어나 못 먹어서 서러울 때는 이때가 유일하지 싶다. 더 이상 이렇게 먹다간 죽겠다 싶어서 한두 해 뒤부터는 보호자 식사를 다시 시켰다. 한 끼에 만 원 가까운 돈을 내고 먹는지라 소심하게 하루 한 끼 혹은 두 끼만 시켰다. 이때 나오는 반찬으로 그럭저럭 하루 식사를 모두 해결할 수 있었다.

몇 년이 흘러 준영이가 나이가 좀 들자 환자식이 나왔다. 우아! 남들은 병원밥이 맛이 있네 없네 했지만, 나는 너무 좋았다. 굳이 문제를 꼽자면 나는 이때부터 뚱뚱해지기 시작했다. 시간밥이란 게 생각보다 무서운 거였다. 이때 나를 찾아온 내 몸속 지방 친구들은 아직도 나와 동고동락하고 있다.

병원에서의 간병 생활은 무료함이 또 다른 적이다.

❋

다른 보호자들은 아이를 데리고 산책이라도 할 수 있었지만, 꼼짝없이 누워만 있는 준영이는 검사실이나 수술실을 들어갈 때가 아니면 퇴원할 때까지 그냥 침대 붙박이였다. 덩달아서 나도 준영이 옆에만 붙어 있었다.

가만히 앉아 아이만 보면서 하루를 보내기에는 무료할 때가 많았다. 집에서는 컴퓨터라도 보지, 여기서는 핸드폰 외에 내가 만지작거릴 것이 없었다. 그래도 핸드폰으로 할 수 있는 것들이 점점 늘어나서 얼마나 다행인지 몰랐다.

나는 핸드폰으로 게임을 하기 시작했다.

혼자 하는 게임은 아이의 상태에 따라 언제든 꺼버리면 되니 할만했다. 주로 퍼즐을 깬다거나, 집을 짓거나, 달리는 게임을 했다.

다 아무 때나 즉시 중단할 수 있는 게임이었다.

집중하면서 하다 보면 아이가 낮에 몇 시간을 자든 그 시간을 보낼 수 있었고, 새벽에 아이를 살펴야 할 때는 잠까지 깨워 주니 이보다 더 편리한 친구는 없었다. 내가 원한다면 24시간 중 언제라도 나와 함께 해주고, 내가 바쁘면 전혀 속상해하는 기색 없이 즉시 사라져 주었다.

그 어떤 게임도 하다 보면 이내 요령이 생겼다. 보통 한 놈만 팬다는 심정으로 한 게임에 집중했는데, 종국에는 다음 레벨이 곧 업데이트될 거라는 문구와 마주하곤 했다. 모두 깬 것이다.

훗, 1등이다!

그러면 다른 게임으로 갈아탈 때가 된 것이다.

그렇게 끝까지 간 게임이 여럿이었다.

게임에도 소소한 희로애락이 있다.

깨면 즐겁고, 갑자기 튕기면 화나고, 아슬아슬하게 점수를 놓치면 안타깝고 심지어는 슬프다. 사회적인 관계성과는 비교할 수 없을 만큼 쉽고 편리한 관계성을 준다. 오롯이 내가 중심인 세계이다.

누구의 눈치를 볼 필요도, 이런저런 사정 이야기를 할 필요도 없이 내가 원할 때 마음대로 들어갔다 나올 수 있다.

그래서 게임이 중독성이 있나 보다.

아이를 보낸 지금도 나는 틈틈이 게임을 한다. 상황은 많이 달라졌지만, 그때나 지금이나 나는 게임할 때 그저 플레이어일 뿐이다.

12

준영이와의 여행 2,
마지막 여행

첫 여행을 다녀온 지 오랜 시간이 지나 여행에 대한 기억
이 희미해지고 5년 정도의 시간이 더 흘렀을 때 그놈의 어디
론가 떠나고 싶다 병이 도졌다.

5년 동안 참 많은 일이 있었다. 아이들을 돌봐 주던 엄마가
심근경색으로 갑자기 돌아가셨다. 남편이 하던 일도 형편이
안 좋아 모두 청산하게 되었고, 우리는 아파트랑 가진 것을
모두 팔고 작은 빌라로 이사를 왔다.

아이들도 전학을 했다.

아이들은 적응하기 힘들어했고, 집에는 이런저런 이유로

흰둥이라는 강아지 식구를 새로 들였다. 준영이도 이젠 필요에 따라 산소 호흡기로 호흡을 유지했다. 벌써 열 살인데 몸은 한 네다섯 살 아이 만큼밖에 크지를 못했다.

아이가 잘 안 큰다고 하니 담당 교수님이 "커서 뭐 하게, 더 힘들기만 하지."라고 해서 또 많이 울었었는데, 아이를 안고 움직이기가 힘들기 시작하니 그 말도 납득이 되었다.

준영이 상태가 첫 여행 때보다는 많이 안 좋아져서 저번과 같은 방법으로는 여행이 힘들었다. 다른 두 아이도 이젠 수영장만으로는 만족하는 나이가 아니었고, 강아지도 집에 혼자 둘 수 없었다. 이 모든 조건을 다 맞출 수 있는 것이 무엇일까?

'어디든 가고 싶다!'

이런 나의 욕망은 내 머리를 팽팽 돌렸다. 생각해 낸 묘수가 캠핑카였다. 캠핑카를 대여하면 될 것 같았다. 강아지를 허락하는 캠핑카를 찾기가 어렵긴 했지만, 결국은 찾아냈다

붙박이인 뒤쪽 침대에는 준영이를 눕힐 수 있었고, 24시간

언제든지 전기를 사용할 수 있어 각종 기계들도 작동시키면서 움직일 수 있었다. 이때는 필요한 기계들이 더 늘어서 장시간 움직임에는 전기가 꼭 필요했다.

이번에는 좀 더 대담하게 여행 계획을 짰다. 강원도에 가기로 했다. 캠핑카 안에서 준영이의 기본 조치들이 가능하니, 좀 멀리 가보기로 했다. 이번에도 2박 3일.

첫 여행이 아이들의 기억 속에서 흐릿해졌기에 여행의 설렘은 첫 여행의 그것만큼이나 우리를 흥분시켰다. 아무래도 준영이는 첫 여행 때보다는 상태가 안 좋았기 때문에 이번에는 의사 선생님과 먼저 상의해서 허락을 받았다.

이제 여행 계획만 잘 세우면 끝이었다.

강원도로 가기로 마음을 먹었는데, 산과 바다가 고민되었다. 당시 했던 고민 중에서 가장 행복한, 심각하고도 행복한 고민이었다. 조금 욕심을 부려서 바다에서 1박, 계곡에서 1박을 하기로 했다. 준영이의 산소 호흡기부터 흰둥이의 개껌까지 필요한 것은 종류도 많고 개수도 많았다. 이번 여행의 짐은 첫 여행의 짐을 능가하는 대이동이었다. 두 누나는 이제 좀 컸다고 자기 물건은 자기가 챙긴다고 했다. 캠핑카 안에

냉장고도 있어서 음식물을 가져가기도 용이했다.

여름이 가장 절정에 다다를 무렵, 우리는 그렇게 두 번째 여행을 감행했다. 강아지도 함께라, 이번 여행은 무려 여섯이서 움직이는 대가족의 이동이었다.

물론 나는 항상 준영이 전담이었지만, 이렇게라도 바깥바람을 쐬는 것이 나에게는 더없는 집으로부터의 탈출이었다. 맨 뒤에 있는 침대에 준영이부터 자리하고, 각종 기계들의 위치를 잡았다.

2인용 침대였지만, 각종 물품과 기계를 놓자 자리가 꽉 찼다.

차 안에서 운행 중에 영양액도 넣어 주고, 기저귀도 갈고, 약도 먹이고 해야 할 일은 집에서의 일과 조금도 다르지 않았다. 조금 더 신경이 쓰일 뿐이었다.

그런데 앞을 등지고 거꾸로 앉아 준영이를 보면서 가니 멀미가…… 어지럽고 속도 안 좋고 얼굴이 점점 하얘졌다. 그래도 기분은 좋았다. 아이들은 음악을 틀고 재잘거리며 셀카를 찍어 냈다. 우리는 모두 말이 늘어나고 작은 일에도 웃음이 터졌다.

❋

113

여행지로 가는 길은 고속도로도 즐거웠다.

고속도로 하면 빼놓을 수 없는 휴게소. 우리는 알감자, 소떡소떡, 오징어 같은 여러 주전부리를 사서 차 안에서 먹었다. 휴게소 음식을 본 지도 10년도 넘은 것 같다는 생각을 하면서…… 아이들에게 연신 "라떼는~"을 읊으며 주전부리로 식사를 마치고 바다로 달려갔다.

강원도에서 그나마 많이 알려지지 않은 곳을 엄선해서 갔지만, 한여름의 동해 바다에는 피서객이 넘쳐났다. 바다가 지척인 주차장에 우리는 자리를 잡았다. 근처 횟집에서 회를 떠서 가지고 온 음식과 함께 저녁을 먹었다.

한여름이었지만 바닷바람이 다소 센 듯하여 준영이는 밖으로 데리고 나오지 않았다.

대신 준영이가 누운 곳에서 가장 가까운 창을 열어놓았다. 짠 바다 내음을 맡고 파도 소리를 들었으면 했다. 저녁을 먹은 후에는 잠시 남편에게 아이를 맡기고, 두 딸, 그리고 강아지와 함께 해변을 산책했다. 바닷물에 발을 담그며 걸어갔다.

내 걸음걸음마다 모래알들이 나를 스치듯 지나치고, 파도는 내가 걸어온 자리를 연신 지워 댔다. 시원한 바닷바람과 더 시원한 파도가 쳤다.

하지만 바다는 너무 어두웠다.

바다가 너무 푸르러도 하늘인지 바다인지 구분이 안 가지만, 여름밤의 바다는 너무 어두워서 어디부터가 하늘이고 어디부터가 바다인지 구분이 안 갔다. 하늘인지 바다인지 모를 바닷가를 걸었다.

검은 바다의 검은 바람이 나의 갑갑증을 실어 갔으면 좋겠다고 생각했다.

이런 시간은 길게 주어지지 않는다.

오랜만에 느끼는 바다는 매 순간순간을 아쉽게 했다.

왜 좋을 때만 시곗바늘에 가속이 붙는 걸까?

야속하기만 했다.

바닷가에서 하룻밤을 보낸 후, 우리는 일찌감치 계곡으로 향했다. 바닷가에서 두어 시간 이동했을까, 우리는 호젓한 계곡에 도착했다. 계곡 옆에 자리를 잡았다. 큰 나무 아래라 그런지 공기도 좋고 사람도 거의 없어 편안했다.

계곡물은 깨끗하게 제 속을 보여 주고, 큰 나무는 시원한 그늘을 선사했다.

아이들은 강아지를 데리고 물가로 뛰어갔다.

❋

115

계곡물은 잔잔하고 적당히 깊어 아이들이 놀기에 좋았다. 준영이를 남편에게 맡기고 나도 계곡물에 몸을 담갔다. 시원한 계곡물에서 아이들과 신나게 첨벙거렸다. 얼마 만에 들어가 보는 물속인지……. 아이들이 계곡물에 강아지를 데리고 들어왔다. 흰둥이는 나에게 오려고 헤엄을 쳤다.

우리 집 강아지가 이렇게나 개헤엄에 소질이 있다니, 새로운 발견이었다. 남편과 나는 번갈아 준영이를 돌보며 계곡을 즐길 수 있었다. 한적한 계곡은 우리 가족에게 한가롭고 평화로운 여름 한낮을 선물해 주었다.

한낮의 해가 내려가고 계곡에 솔솔 시원한 바람이 불기 시작했다.

곧이어 저녁 준비.

어닝을 펼치고 여느 캠핑족처럼 음식을 해서 저녁을 먹었다. 바다와는 달리 바람도 시원하고 좋아 준영이도 휠체어로 옮겨 우리와 함께 했다.

서울에서는 좀처럼 볼 수 없는 별이 이곳에서는 곳곳에 박혀 있었다. 첫 여행 때보다 훌쩍 커버린 첫째와 둘째, 그리고 막내 준영이까지 집도 병원도 아닌 곳에서 두 눈에 담으니 멀미가 날 정도로 이런 생각이 들었다.

'지금 나는 울어도 될 것 같아.'

너무나 행복한 시간인데, 그런 시간인데 자꾸만 눈이 시렸다. 과연 다음 여행도 기약할 수 있을까? 남편, 그리고 아이들과 약속에 약속을 거듭했지만, 과연 가능할까?

미지수였다.

해는 졌지만 별이 빛났고 눈이 시린 여름밤은 그렇게 지나가고 있었다.

13

무언가를 하나씩 잃어 가는
아이를 바라본다는 것

아이의 병세가 조금씩 깊어지면서 몸의 여러 기능들은 제
역할을 다하지 못했다. 혈액 순환이 제대로 안 되어 욕창이
생겼고, 소화 기능이 많이 떨어져 아침에 먹인 것이 저녁까
지 위에 남아 있기가 일쑤였다. 숨쉬기를 점점 버거워해서 산
소를 24시간 내내 달고 있어야 했고, 아이가 힘들어서 산소
수치가 떨어지기라도 하면 내가 임의로 산소를 올려 주었다.
(물론 의사 선생님이 허락한 부분이었다)

입을 다물고 있지를 못하니 입술과 혀가 썩썩 갈라져 몰에
적신 거즈를 항상 대주어야 했다. 며칠간 변을 못 보면 그것

도 내가 판단해 관장을 시켰다. 관장을 하게 되면 방수 기저귀 패드를 여럿 깔아 가며 혼자 해야 하는데, 정말 똥 폭탄을 맞았다.

아이에게 나타난 여러 가지 증상 중 생각지 못했던 증상은 갑자기 아이가 소변을 보지 못하게 된 것이었다. 다행히 이 증상은 다른 병으로 병원에 입원했을 때부터 시작되어 빨리 진료를 볼 수 있었다. 통상 병원에 입원하면 먹는 양과 싸는 양을 모두 체크해(저울로 무게 측정) 적어야 했다. 입원하고 얼마 지나지 않아 차츰 들어가는 양보다 나오는 양이 조금씩 줄어들었다.

어느 날부터인가는 소변을 보지 못해 아랫배가 볼록해지기 시작했다. 담당 주치의는 준영이의 상태를 보더니, 소변양을 재는 기구(아랫배에 대면 수치가 나옴)로 아이의 배를 확인한 다음에 인위적으로 소변을 빼줘야 한다고 이야기했다.

아이가 소변을 보는 반대 방향으로 소변 카테터라는 줄을 넣어 방광에 도달하게끔 만들어서 늘어난 방광의 압력으로 소변이 줄을 타고 나오게 하는 것이었다. 아이가 갑자기 왜 소변을 못 보게 되었는지 원인은 알 수가 없었다.

염증 수치가 올라가거나 겉으로 보이는 문제도 없으니, 그저 몸 상태가 안 좋아지면서 일어난 또 하나의 증상쯤으로 생각할 뿐이었다. 의료진도 나도 그 원인을 알아내기 위한 어떤 검사도 요구하거나 원하지 않았다. 다만, 한번 시작된 도뇨는 이제 매일 해줘야 했다. 스스로 소변을 볼 때도 있었지만, 소변을 못 봐 아랫배가 볼록해지면 어김없이 도뇨를 했다.

처음 도뇨를 할 때는 인턴 선생님이 와서 해줬는데, 계속해서 도뇨를 해야 하는 상황이 되자 나에게 방법과 주의사항에 대해 교육을 시켰다.

예전에 처음으로 석션 방법을 배울 때처럼 난 도뇨 방법을 배워야 했다.

준영이처럼 전신마비인 환자가 컨디션이 떨어지면 종종 있을 수 있는 일이라고 했다. 이러다가는 무늬만 엄마지, 간호조무사까지는 될 수 있지 않을까 생각했다. 간호도 10년이 넘어가면서부터는 내가 전문직인 것 같은 착각마저 들었다. 어차피 클 만큼 큰 아이, 기저귀도 여러 번 갈아야 하는데, 도뇨는 나에게 어려움도 아니었다.

다만, 이렇게 무언가를 하나씩 잃어 가는 아이의 모습을 바라보는 것만큼은 말로 표현할 수 없을 만큼 어렵고 힘들기만 했다.

그가 나를 본다

그가 나를 본다.
맑은 눈동자가 깜박거림도 없이 나를 본다.
그의 눈동자에 그려지는 나를 본다.

아무런 이야기도 아무런 표현도 없지만.
그는 나를 계속 본다.
나도 그를 본다.

내 눈동자에도 그가 새겨진다.
우리는 그렇게 한없이 보고 있다.
……사랑해.

14

2021년……
사랑하는 나의 아들

아이가 아무것도 하지 못해도 유전의 시계는 돌아갔다. 마냥 아기 같던 우리 아들에게도 여드름 등 2차 성징이 나타났다. 그렇게 아이 티를 조금씩 벗어 내던 우리 아들은 계절이 여름에서 가을로 넘어가던 그때부터 병세도 눈에 띄게 안 좋아졌다. 소화도 더 안 되고, 무엇보다 빠른 심박동과 숨을 쉬기 힘들어하는 날이 하루하루 늘어갔다.

호흡이 힘들어지니, 공급하는 산소 용량도 덩달아 증가했다. 새벽이면 갑자기 소리를 지르며 울 때도 있었다.
많이 아파하는 듯했다.

주사를 몇 번이고 찌를 때도, 욕창을 소독할 때도, 아무 반응도 하지 못했던 터라 소리를 지르며 울부짖는 아이의 모습에 적잖이 놀랐다. 어디가 아프고 불편한 건지 도무지 알 수가 없었다.

그저 진통제 먹는 시간을 좀 당겨서 먹여주는 것만이 할 수 있는 전부였다. 준영이의 증상을 전해 들은 주치의 선생님은 섬망을 이야기했다. 섬망이란 불면, 초조, 소리 지르기 같은 과다 행동이나 환각 등이 나타나는 증세이다. 주로 약물이 많이 투여된, 중증 환자들에게서 나타나는 증상이라고 했다.

선생님은 조금 더 강한 진통제를 권유했다.

동전에 양면이 있듯이 약을 늘리는 일에도 양면이 있다. 그렇게 하면 준영이가 아픔을 잊을 수는 있겠지만, 더 정신을 차리지 못할 것이다. 이렇게 진통제만을 늘리는 것은 치유는 기대하지 않은 채, 살아 있는 날 동안 그저 견딜 만하게 해주는 것이다.

언제부터인가 준영이를 돌보면서 모든 목표는 '아프지 않게'가 되었다. 우리 부부는 아이의 고통을 덜어 줄 수만 있다면 어떤 방법이라도 써보기로 했다. 고통을 덜어 줄 수 있는 강력한 진통 패치를 붙여 주었다.

가을에서 겨울로 들어서자, 진통 패치는 한 장에서 두 장으로, 조금 더 크기가 큰 패치로 바꿔 붙이게 되었다.

아이는 이제 눈동자의 움직임도 거의 없어졌다.

새벽부터 밤까지 단 한 시간도 투약이나 간병 없이 지나가지 않았다.

그 무렵부터 하루 일과가 매일 조금씩 더 힘겨워졌다. 나는 보호자, 간호사, 간병인의 일과를 한꺼번에 소화해야만 했다.

깊이 잠들지 못했고, 자면서도 한쪽 눈과 귀는 열어 두고 있는 것만 같았다. 잠을 자도 긴장이 풀리지 않았다. 바늘 하나 떨어지는 소리에도 벌떡 일어났고, 반대로 너무 조용하다 싶어도 벌떡 일어났다.

어느덧 다시 크리스마스가 되었고, 곧이어 새로운 한 해가 시작되었다. 이때쯤부터 병원에서 아이의 죽음에 관해 이야기를 꺼냈다. 병원에서 임종을 맞기보다는 집에서 가족과 함께 하는 임종을 권유했다.

솔직히 무서웠다.

하지만 싸늘한 병원보다는 아무래도 집이 더 나을 것 같았다. 집에서의 임종을 택하자 의사 선생님이 소견서를 써주었다. 준영이를 보내는 날 가게 될 병원의 담당 선생님에게 드리라고 했다. 하루하루가 정말 너무나 힘들었다. 나는 차라리 일어나고 싶지 않을 정도였다.

나에게 주어진 이 하루를 살고 싶지 않았다.

준영이의 목숨은 풍전등화였다.

이내 잠들었다가 영영 일어나지 못해도 전혀 이상할 게 없는 상태였다.

그러던 어느 날 새벽, 준영이가 이상했다.

심박동이 느려지고 산소포화도가 한없이 내려갔다.

남편과 나는 너무 놀랐다.

남편은 정신없이 아이를 문지르고 가슴을 두드렸다. 나는 인공 앰부백(수동식 인공호흡기)을 아이의 얼굴에 붙이고 짜기 시작했다.

우리는 아직 아무 준비도 되어 있지 않았다.

아니, 애당초 준비가 가능한 일인가…….

얼마나 지났을까.

준영이가 조금씩 생명줄 가닥을 다시 잡았다. 심장이 다시 뛰고 호흡이 서서히 돌아왔다. 우리는 맥이 탁 풀렸다. 우리가 한 행동이 무엇인지 자각도 없었다. 그냥 이 순간이 지나간 것에 안도했다.

준영이는 정말로 죽음의 문턱을 넘었다가 돌아온 것인가……. 후에 의사 선생님은 남편과 내가 한 일이 심폐소생술이라고 했다. 머지않아 이런 일이 또 생길 것이라고도 했다. 그리고 그때는 조용히 아이를 보내 주라고 했다.

정말로 준영이가 조만간 우리를 곁을 떠나리라는 생각이 들었다.

갑자기 아이에게 옷을 사입히고 싶어졌다.

아이를 남편에게 맡기고 백화점에 갔다. 이렇게 마음먹고 준영이의 옷을 사보는 것은 처음이었다. 직원들이 아이의 나이를 물어보며 여러 가지 스타일의 옷을 권유했다.

우리 아이가 열세 살이란 말을 차마 할 수가 없었다. 열세 살이라고 하기에 우리 아들은 너무나 작았기 때문이었다. 마치 일곱 살, 여덟 살쯤으로 보였으니까. 아이에게 마지막이 될 옷을 고르는 일은 결코 쉽지 않았다.

예전부터 아들을 낳으면 넥타이를 한번 매주고 싶었다. 그래서 작은 보통 넥타이가 달린 옷과 나비넥타이가 달린 옷, 두 벌을 샀다. 집으로 돌아와서는 꺼내지도 않고 발치에 놓아두었다.

하루, 이틀……

하루하루가 너무 긴, 숨 막히는 24시간이 지나갔다.

일주일이나 지났을까.

아침부터 아이의 상태가 이상했다.

힘들어하는 모습을 여러 번 봤지만, 왠지 느낌이 이상했다.

하루 종일 초조하게 아이의 곁을 지켰다. 호흡과 심박이 느려졌다 돌아왔다가를 반복했다. 준영이의 누나들을 불렀다. 동생에게 작별 인사를 하라고 했다. 두 아이는 동생에게 뽀뽀를 해주고는 사랑한다고 말했다. 이미 오래전부터 동생의 마지막에 대해 여러 번 이야기를 들어서 그런지 아이들은 오히려 담담한 것만 같았다. 나는 두 아이를 다시 가자 방으로 돌려보냈다.

어느덧 새벽 3시가 넘어가고 있었다.

초조하게 아이 곁을 지키던 남편이 침상에 기대 살짝 선잠이 들었다.

그때였다.

느려졌다 돌아오기를 반복하던 아이의 모든 바이탈 사인이 서서히 느려지기만 했다.

"준영이가 가려나 봐……."

남편이 벌떡 일어났다.

무서웠다.

몸이 떨리기 시작했다.

다시 가슴을 두드리고, 있는 힘껏 앰부를 짜면서 아이를 붙잡고 싶었다. 하지만 이를 악물고 가슴을 움켜잡으며 꾹 참았다. 그것은 결코 준영이를 위한 일이 아니다. 지금 이 순간을 한평생 후회하게 될지도 모르지만, 나는 아무 행동도 할 수가 없었다.

준영이는 그렇게 아주 서서히 우리 곁을 떠났다.

나는 아이를 품에 안았다.

사랑한다고, 엄마가 미안하다고

아이의 이마에 입술을 붙이고 계속 이야기했다.

잠시 후였을까.

기계가 아이가 떠났음을 알려 주었다.

숨쉬기가 힘들어지고 아무 생각을 할 수가 없었다.

남편과 나는 그렇게 한참을 울었다.

나에게 갑자기 겨울이 들이닥쳤다. 피가 얼어붙고, 심장이
서리로 뒤덮여 아팠다. 하지만 아이의 얼굴은 편안해 보였다.
더 이상 힘들게 숨을 몰아쉬던 소리가 들리지 않았다.

얼굴이 점점 깨끗해졌다.

피부가 뽀얘졌다.

정말 예뻤다.

사랑하는 나의 아들은 결국,

나에게 엄마라고 단 한 번도 말해 주지도 않고,

그렇게 내 품을 벗어나 멀리 날아갔다.

15

아이는 떠났지만 우리는 아직……,
3일간의 기록

아이는 떠났고, 하얗게 된 아이를 남편과 나는 부둥켜안고
한참을 쓰다듬으며 울었다. 아이는 떠났지만 우리에게는 아
직 해야 할 일들이 있었다. 준영이에게 옷을 입히려면 지금
해야 한다며 남편이 준영이에게 옷을 입혔다. 응급차를 불러
아이를 병원으로 옮기기로 했다. 옷을 차려입은 준영이를 남
편이 품에 꼭 끌어안고 밖으로 나갔다.

응급차가 기다리고 있었다. 남편이 응급차 침대에 품에 안
고 있던 아들을 가만히 눕혔다.

응급차 기사는 빠른 손놀림으로 아이에게 흰 천을 덮어 응
급차에 태웠다. 남편은 그 모습에 그 자리에 주저앉아 소리

내어 울음을 터뜨렸다.

우리는 응급차로 병원에 갔다.

흰 천을 걷어 아이를 보면 되는데, 도저히 그 천에 손을 댈수가 없었다. 옆으로 준영이의 손이 보였다. 나는 손을 꼭 잡았다. 항상 열이 나서 땀으로 축축했던 손인데, 차갑기만 했다. 가까운 병원의 응급실에 도착한 후, 미리 준비해 두었던 서류를 의사에게 건넸다. 의사는 서류를 읽더니 우리에게 아무 말 없이 조용히 사망 선고를 내렸다.

이제 진짜 준영이의 죽음이 기정사실이 된 것이다.

알고 있는 사실이었지만, 의사의 입으로 들으니 숨이 턱 막혔다.

준영이는 영안실로 바로 옮겨졌다.

그런데 문제가 생겼다.

준영이는 영안실에 들어가지지가 않았다. 작디작은 아이였지만, 몸이 너무 휜 아이는 차가운 그곳에 편히 눕지를 못했다. 결국, 아이는 그곳에서도 비스듬히 누워 있어야 했다.

그렇게 품에서 아이를 놓았다.

그 차가운 곳에 아이를 두고 물러나야 했다.

남편과 나는 어떻게든 정신줄을 잡고 장례식을 치러야 했다. 돌잔치도 못 해준 아들, 사람들을 불러 놓고 자랑하고 싶었던 아들……

그런데 장례식을 치러야만 했다.

처음이자 마지막으로 내 아들 준영이를 모두에게 소개하는 자리……. 우리는 준영이가 이 세상에서 13년간 삶을 살아 내고 떠났음을 주위에 알려야 했다.

장례식장을 꾸리려면 영정사진을 마련해야 했다.

그런데, 사진이 없었다.

그제야 깨달았다.

내 핸드폰 속 모든 사진은 준영이의 얼굴이 아니라, 모두 욕창, 알레르기 상처, 각종 이상 반응에 대한 동영상만으로 가득 차 있었다. 준영이의 모습을 기억하고 싶어서 찍은 것이 아니라, 어떻게 하면 의료진에게 준영이의 상태를 효율적으로 보여 줄까 싶어 찍은 사진이었다.

뭐 이런 엄마가 다 있나 싶었다.

다행히도 남편 핸드폰 속에 어느 날인가 준영이를 데리고 외래진료를 갔을 때 아이가 생긋 웃는 것 같아 찍어서 보내준 사진이 한 장 있었다. 누워 있는 사진이었지만, 얼굴에 웃음기가 있는 그 사진을 영정사진으로 하기로 했다.

장례식장을 차리고 나니, 하나둘 준영이를 아는 사람들이 왔다. 친척들도, 친구들도 모두 모여 준영이를 추모해 주었다. 장례식장에 오는 모든 사람은 나에게 한결같은 말을 했다.

그동안 수고했다,

이젠 네 인생을 살아라,

준영이도 네가 슬퍼하는 걸 원치 않아,

잘 간 거야,

애도 너도 너무 힘들었어,

아이를 위해서라도 잘된 거야,

더 좋은 곳으로 갔을 거야,

슬프면서도 이상했다.

이 세상을 떠나는 것이 더 나은 생명이 과연 존재하는가?

나에게 울지 말라고 안 했으면 싶었다.

나는 그렇게 의연하지 못했다.

그냥 목놓아 울고 싶었다.

그렇게 사는 건 살아도 사는 것 같지 않은 삶이라고 하지만, 나는 우리 아들을 계속 품 안에 안고 있고만 싶었다. 오가는 손님들 속에서 나는 또 멍해졌다. 사람들이 나에게 하는 모든 말은 그냥 귓가에서 웅웅거릴 뿐이었다.

장례 2일 차.

장례지도사가 급하게 나를 찾았다.

입관을 할 수 없다고 했다.

아이의 몸이 너무 구부러져 있어 관에 들어가지지 않는다는 것이었다.

인위적으로 팔다리를 펴야 한다고 했다. 살아 있을 때도 근육 위축으로 항상 팔다리를 굽히고 있던 아이였다. 힘으로 억지로 그걸 펴면 살이 찢어지고 뼈가 부러지게 되는 건 아닐까? 그대로 넣어 달라고 했지만, 입관을 하려면 어쩔 수 없이 펴야 한다고 했다.

나는 참을 수 없이 가슴이 아팠다.

"꼭 펴야 한다면 안 아프게 살살 천천히 해주세요. 우리 아이는 이미 너무 많이 아팠어요······."

장례지도사에게 거의 빌면서 말했다.

지금 생각해 보면 말이 안 되는 것 같지만, 그때는 너무나 절실했다. 아이가 펼 때 너무 많이 아파서 울 것만 같았다. 잠시 후, 장례지도사가 다시 와서 안 아프게 살살 폈다고 입관식을 하러 가자고 했다. 나를 위해 한 거짓말이겠지만, 그때는 그 말을 철썩같이 믿었다.

아니, 믿고 싶었다.

다시 보게 된 준영이는 수의로 꽁꽁 싸맨 채 팔다리를 쭉 펴고 있었다.

나쁜 녀석···!

그간 엄마에게 단 한 번도 보여 주지 않았던 훤칠한 모습을 마지막에야 보여 주다니······ 입관식이 바로 시작되었지만, 나는 어떻게 시작되고 끝났는지 기억이 나질 않는다. 그냥 닫히는 아들의 관은 나를 무너뜨렸다. 준영이의 마지막 모습에 나는 몸을 가누기가 힘들었고, 부축을 받고서야 겨우 나올 수 있었다.

　남편과 나는 미리 의논했던 대로 화장을 하기로 했다. 그리고, 바다장을 하기로 했다. 바다장은 화장 후 바다에 뿌려주는 것이다. 어느 곳 한 번 자신의 의지대로, 마음대로 돌아다니지 못한 가여운 우리 아이…… 바다처럼 가고 싶은 모든 곳을 자유롭게 다니라고 바다장을 선택했다.

　장례 3일 차.

　아직 하늘에 해가 뜨기 전이었지만 준영이는 출관을 했다.

　성당에 들러 장례 미사를 마치고 바로 화장장으로 향했다. 그곳에서 나는 마치 정신없는 여자처럼 울었다. 아이가 들어간 곳의 뜨거움이 고스란히 느껴졌다. 우리에게 아이가 다시 돌아왔을 때는 작은 상자에 담겨 있었다.

　이게 우리 아이라니…….

　믿고 싶지도 않았고, 믿기지도 않았다.

　이제 한 줌밖에 되지 않는 아이를 데리고 바다장을 치를 인천으로 향했다. 바다에는 우리 부부만 가기로 했다. 아들과 함께 바다에 도착하니 우리가 탈 배가 준비되어 있었다. 배를

타고 얼마나 바다로 나갔을까. 배가 멈추고 우리는 선상으로
나갔다.

　1월의 차디찬 바닷바람이 칼날처럼 휘몰아쳤다.

　그곳에서 준영이는 꽃과 함께 우리를 떠나갔다. 바닷물에
섞여 들어가는 가루가 내 아이라는 것이 믿기지 않았다. 배는
같은 곳을 빙빙 돌더니 우리를 다시 부두에 내려 주었다.

　남편과 나는 차로 돌아갔다.

　우리는 차에 앉아서 또 그렇게 한참을 멍하니 있었다. 서로
아무 말도 하지 않았다. 그저 그렇게 있었다. 지금 무슨 일이
일어난 것인가. 아무 생각도 할 수가 없었다.

　나는 아직 준영이를 낳던 날을 기억한다.

　그 놀라운 행복의 순간을 기억한다.

　고통스러울 만큼 또렷하게 기억한다.

　인생이란 지독하게 무작위적이고, 우리가 어쩌지 못하는
일이 많이 일어난다. 내가 그의 죽음을 막기 위해 할 수 있었
던 일이 있었나 생각해 본다. 내가 의학적 결정을 내린 그 수

많은 순간에 다른 선택을 했다면 상황이 달라졌을까? 아무리 생각해도 답을 찾을 수 없다. 그저 무기력하고 공허할 뿐이다.

아들을 보냈지만, 우리는 또 우리에게 남아 있는 삶을 살아가야만 했다.

16

∘∘∘∘∘∘

아이를 보내고
얼마 후⋯⋯

집이 너무 답답해서 집 앞에 나왔다.

하지만 집에 가고 싶다.

아니, 가기 싫다.

가면 너무 어두울 것 같았다.

여기서도 힘들다.

어디에 있는 게 덜 힘들까.

나에게 힘들어하지 말라고, 빨리 극복하라고 하는 사람이
많았다.

내가 힘든 건 내가 나약해서일까?

유난스럽기 때문일까?

난 아무렇지도 않아야 하는 것일까?

펑펑 우는 건 아이의 기일에만 할 수 있는 일일까?

우는 것도 울고 싶을 때가 아니라 시간을 잡아서 몰래 해야 하는 것일까?

이제는 울기가 어렵다.

눈물이 흘러도 소리를 내어 울지를 못한다.

생각이 많아지면 힘들다. 하지만 온갖 생각들이 파도처럼 밀려오면 나도 어쩔 수가 없다. 너울성 파도처럼 나를 덮쳐서 나를 쓸고 간다. 머릿속이 복잡하게 얽혀 버린다. 곧 머리가 아파 오고 소리 내지 못하는 울음이 북받칠 것이다.

날씨 때문인가 보다.

비가 오기 때문인가 보다.

어둡기 때문인가 보다.

벗어나려는 노력도 도저히 못 하겠다.

어디를 가도, 어디를 걷고 있어도, 무엇을 하더라도 내 마음속은 쭉 같은 상태이다. 내가 바보 같아서, 너무 약해 빠져서 일어나는 일인가. 집에 가서 약이나 먹어야겠다. 한 알 먹고, 그래도 힘들면 한 알 더 먹고, 나를 재워야겠다.

자고 일어나면 다른 시간에 가 있을 테니, 나도 달라질 수 있다. 힘들면 나는 어떻게 해야 하는가. 도망가려고 해도 도망갈 구멍이 없다.

오늘이 빨리 지나기를……
내일은 해가 뜨기를……
내일은 생각이 없어지기를…….

17

비 오는
날이면

비 오는 날은 우울하다.

비가 오면 항상 힘들었던 것 같다.

비가 오면 아이는 강직이 심해져 괴로워하기 일쑤였다. 신경통 있는 사람이 비 오는 날 더 아프듯이 아이도 더 아팠다. 이런 날은 진통제가 많이 필요했다. 처음에는 타이레놀이나 부루펜 같은 약을 썼지만, 여러 해가 지나며 약은 좀 더 강한 진통제에서 더 강한 진통제로 점점 바뀌어 갔다.

비 오는 날에 아이가 잠에라도 빠져 있으면 그나마 다행이었다. 그런데 이런 날 외래진료라도 잡히면 그야말로 생고생이었다. 장애인 콜택시를 타고 내릴 때 온몸으로 비를 맞으며 아이를 재빠르게 옮겨야 했고, 병원에서는 힘들어하는 아이를 데리고 기다려야 하니 신경이 계속 곤두섰다. 나도 약이 없으면 머리가 아파서 고개를 들기조차 힘들어졌다.

장마철에는 차라리 비가 쏟아지는 게 더 나았다.

비 오기 전의 우중충한 날이면 아이의 모든 기능도 다 우중충해지는 듯했다. 소화도 안 되고, 약 기운이 떨어지기가 무섭게 힘들어했다.

강직이 심해져 열도 올랐다.

비가 와서 괴로운 것은 이것만이 아니었다. 나는 준영이 누나들이 학교 다닐 때 비 오는 날 학교에 우산을 가져가 본 일이 없다. 그래도 큰아이가 초등학교 1학년 때 딱 한 번 우산을 가지고 마중 나가 본 적이 있지만, 막내가 아픈 후로는 단한 번도 우산을 가져가 보지를 못했다.

두 아이의 초등학교 때도, 중학교 때도…….

비 오는 날, 아이들이 비를 쫄딱 맞고 집에 오면 가슴이 정말 아팠다. 아이가 올 때가 다 되어 가는데 빗줄기가 거세지면 정말 안절부절못했다. 그래도 군소리 한 번을 안 하고 집에 오는 아이들을 보면 애처롭기도 하고, 미안하기도 하고 여러 감정이 마음속에서 뒤섞였다.

비 오는 날은 내가 할 수 있는 것이 없었다.

아니, 할 것이 많아지는데 뭐 하나 해내기가 어려웠다.

이제는 비가 와도 내 옆에서 아파할 아이가 없지만, 그래도
나는 혼자 아프다.

아픈 마음은 비와 함께 온다.

18

고통이 오래되면
일상이 된다

고통이 오래되면 일상이 된다.

간병이란 긴 터널을 지나는 것과 같다.

나는 그 터널의 끝에 무엇이 있을지 잘 안다. 하지만 언제 터널이 끝날지, 끝이 있기는 한 건지 알 수가 없다. 계절의 변화도 아무런 의미가 없다.

터널 속에서는 무빙워크에 서 있는 것만 같다. 도무지 속도를 조절할 수가 없다. 서 있기 힘들어 주저앉아 있어도 서서히 끝을 향해 간다. 너무 빨리 가면 멈춰 세우고 싶지만, 내 의지와는 상관없다. 두려워도 힘들어도 나는 꼿꼿이 시서 지나가야 한다.

나는 그 터널을 13년간 지나왔다.

때로는 두렵기도 했고, 때로는 외로웠으며, 때로는 힘들어서 주저앉기도 했다. 터널에서 빠져나가고 싶은 마음은 누구보다 간절했으나, 터널의 끝에 무엇이 나를 기다리고 있는지 잘 알기에 터널이 끝나는 것도 두려웠다.

나중에는 내가 그 속을 벗어나고 싶은 건지, 아니면 계속 머물고 싶어 하는 건지조차 구분할 수가 없었다. 하지만 나에게는 분명히 벗어나고 싶은 열망이 있었고, 그 열망에 대한 죄책감은 지금도 답이 없다.

어쨌거나 나는 육체적으로나 정신적으로나 나에게 남은 모든 기력을 쥐어짜며 살았다.

이제 나는 그 터널의 끝에 다다랐다.

한 걸음만 내디디면 바깥이지만, 그 한 걸음을 걷기에 나의 다리는 이미 너무 굳었고, 밝은 세상은 무섭기만 했다. 밝은 곳으로 가는 일은 마치 아들의 죽음을 기뻐하는 일과 같았다.

내가 누리는 자유로움이 아들의 목숨과 맞바꾼 결과물인 것 같아 너무 혼란스러웠다. 머릿속이 칭칭 엉켜 버려 생각을 멈추고 그 자리에 털썩 주저앉았다.

나의 다리는 이미 너무 혹사당했다.

나를 위로한다는 수많은 의미 없는 대화와 나에게 어서 걸으라는 재촉에 큰 의미를 두고 싶지 않다. 아들의 죽음에 대한 정의를 굳이 내릴 필요가 있을까. 아들은 내 태에서 태어났고, 나는 아들을 세상 어느 것보다 사랑했다. 아들에 대한 모든 선택의 기로에서 나는 진심으로 최선을 다했다.

그것이면 족하다, 할 만큼 다한 거다, 라고 하지만, 후회되는 순간과 뒤돌아보게 되는 마음이 없었던 것은 아니다.

'내가 그때 그랬으면⋯⋯.'
'이렇게 했으면 달랐을까?'

이런 생각이 내 마음속에, 내 머릿속에 깊숙이 남아 있다.

나는 아들을 보내고 나서 생각하지 않는 모든 시간이 다 죄스러웠다. 슬퍼하고 있지 않으면 내가 아들의 죽음을 기뻐하고 바랐던 사람인 것만 같았다. 부모가 돌아가시면 땅에 묻고, 자식이 죽으면 가슴에 묻는다고 했던가⋯⋯.

하지만, 먼저 보낸 자식을 가슴에 묻을 수 있는 부모가 과연 있을까. 묻고 싶어도, 묻으려 해도, 묻어지지 않는다. 그 경지까지 가려면 나는 아직도 갈 길이 먼 듯하다.

슬프면 울고, 생각나면 생각하고 싶다.

잠시 묻어 두고 일상을 살아 보고도 싶다.

하지만, 나는 멍하니 하루를 보낸다.

단지, 지금 이 순간이 아들의 죽음과 맞바꾼 것이 아니다, 라고 생각하고 싶을 뿐이다. 내 현재의 생활과 아들의 죽음은 별개의 문제인 것이다. 두 가지는 인과관계가 아니다.

오늘도 나는 하루하루를 조심스럽게 살아가고 있다.

✳

19

생일
(生日)

죽은 아이의 생일은 유독 힘들다.

무의식적으로 아이를 보낸 날보다 아이가 찾아온 날을 더 중요하게 생각해서인지는 모르겠으나 나의 경우는 특히 더 그런 듯하다.

6월이면 괜스레 우울해진다.

6월에는 무슨 약속이라도 한 듯이 슬픈 날이 몰려 있다. 준 엽이의 생일도 있고, 아버지도 돌아가셨고, 어머니도 돌아가 셨다. 연도는 다르지만 모두 6월에 있어 나를 한 달 내내 우 울하게 만든다.

아이를 보내고 1년이 훌쩍 지났다.

사람들이 나에게 자녀가 몇 명이냐고 물어볼 때면 나는 바로 대답할 수가 없다. 먼저 간 준영이를 빼고 "딸 둘이요."라고 해야 하는지, 아니면 삼남매라고 해야 하는지 잠시 멈칫하게 된다. "딸 둘이요."라고 대답하자니 아직은 마음 한구석이 아프고 미안하다. 그 아이를 부정하는 행동처럼 느껴지기도 한다.

나는 아직 얼마 지나지 않은 듯한데, 이제 사람들은 준영이에 대해 묻지 않는다. 아니, 무슨 금기어라도 되는 양 대화 속에서 자연스럽게 이야기해도 다들 어물쩍거리며 화제를 돌리려고 애쓴다. 원래도 사람들이 자주 언급하지 않았지만, 이제는 정말로 그 아이가 처음부터 없었던 것처럼 입에 올리지도 않는다.

어떨 때는 사람들이 제발 좀 물어봐 줬으면 좋겠다.

준영이는 13년간 이 세상에서 실제로 실존했던, 자신에게 주어진 삶을 살았던 존재이다. 마치 그 아이가 나와 우리 가족에게만 존재했었다는 듯한 착각에 빠진다.

사실 준영이는 첫 생일부터 챙김을 받지 못했다. 하필이면 돌 바로 전날, 외할아버지가 돌아가셨기 때문이다. 생일날을 나와 함께 장례식장에서 보냈다. 어린아이를 다른 사람에게 맡길 수가 없어서 3일장 내내 우리는 같이 장례식장을 지켰다.

당연히 아이의 첫 생일이라는 사실을 알고 있었지만, 그때 나에겐 아버지의 죽음이 너무 크게 다가와 차마 생일에 대한 언급을 하지 못했다.

그저 그날도 내내 울기만 했던 것 같다. 그 이후로도 어느 날까지는 아버지의 기일이 아이의 생일보다 먼저였다.

그래서 내 마음이 더 무겁고 슬픈지도 모르겠다.

아이의 생일을 그나마 제대로 챙겨 준 건 3번째 생일부터였던 것 같다. 생일이라고 해봤자, 우리 가족과 케이크 하나가 전부였지만, 그래도 해마다 생일을 보냈다.

한번은 둘째 누나가 제과점에서 준 폭죽을 터뜨렸다. 앞이 안 보여 소리에 민감했던 준영이는 갑자기 전신을 떨며 울음을 터뜨렸다. 둘째도 아직 어렸을 때라 우는 동생을 보고 같이 슬퍼져 눈물의 아수라장 파티가 되었다. 누나들에게 아무것도 할 수 없는 동생의 생일이 어떤 의미일까, 라는 생각이

들었다. 별것 아니어도 동생의 생일이 누나들에게도 즐거웠으면 좋겠다는 생각을 했다.

그래서 생일 케이크만큼은 꼭 누나들이 사게 했다.

어느 해는 아이스크림 케이크를, 어느 해는 생크림 케이크를, 또 어느 해인가는 캐릭터 케이크를…… 누나들은 케이크와 생일 초, 고깔 같은 작은 소품을 함께 사왔다. 우리의 생일 파티는 케이크로 시작해 케이크로 끝났다.

다른 축하 손님은 없었지만, 우리 가족 다섯 명과 강아지 한 마리로 충분했다. 생일 파티의 순서는 늘 한결같았다. 생일 축하 노래를 부르고, 준영이한테 촛불을 끄라고 한 번쯤 다그친 다음, 가족들이 다 같이 촛불을 껐다. 그러고 나서 자연스럽게 케이크 먹방으로 이어졌다. 당연히 먹을 수 없는 준영이였지만, 이때만큼은 케이크의 크림을 혀에 발라 줬다.

컨디션이 좋을 때는 우물거리기도 했지만, 컨디션이 안 좋을 때는 나중에 혀에 발라 준 크림을 거즈로 닦아 내줘야 했다. 이때가 온 가족이 식탁에 앉는 1년 중 유일한 날이었다. 그래도 그렇게라도 보낸 준영이의 생일은 슬프지 않았는데…….

하지만 지금은 준영이 생일이 다가오면 가슴이 싸르르 아프다.

아버지와 준영이는 모두 아직은 내 가슴에 박혀 있나 보다.

6월이 되면……

나는 가슴 한구석이 아리고 아프다.

네가 보고 싶은 날

가슴 메이게 보고 싶은 날이 있다.
아파서 헐떡이는 너를
꼭 안아 주고 싶은 날이 있다.
약간의 열감으로 따뜻한 너를
가슴에 품고 싶어지는 날이 있다.
목이 메고 눈이 뜨거워지고 가슴이 저려 와
보고 싶은 날이 있다.

이런 날엔 내가 어떻게 해야 하는지 알 수 없지만
나조차도 어쩔 수 없이 보고 싶은 날이 있다.
눈을 꼭 감고
목과 가슴에 힘을 잔뜩 주고 움츠려
견뎌 내야 한다.
보고 싶어도 견뎌 내야 하는 날이……
있다.

20

아들과
숫자

오늘도 나는 기계를 보고 있다.

기계를 보기 시작하면 숫자에 빠져서 헤어 나오지를 못한다.

70, 80, 90······

숫자가 올라갈 때까지 하염없이 지켜본다. 너무 내려가면 아이를 흔들어 깨우고 산소 수치를 올려야 하기 때문이다. 기계가 나의 행동을 제어하는 셈이다.

아이와 단둘이 있을 때도, 화장실을 갈 때도 늘 기계의 수치를 주시한다. 아이는 '살아 있다'라는 표현을 할 수가 없다. 그냥 눈을 약하게 뜨고 있을 뿐이다.

숫자는 아이의 상태를 알 수 있는 몇 안 되는 지표다. 체온계 속의 숫자도 나를 항상 긴장하게 한다.

37.5도.

여느 집 아이에게는 살짝 열이 나는 상황이겠지만 준영이에겐 일상적인 온도다.

38도.

해열제를 먹일까 고민한다. 이불을 걷어 준다.

38.5도.

해열제를 넣어 준다.

39도가 넘어가면 본격적으로 움직여야 한다. 물을 떠오고, 물수건을 준비하고, 작은 얼음팩들을 가져온다. 얼음팩을 수건에 싸서 겨드랑이 양쪽에 끼워 준다. 이마에는 열 내리는 패치를 붙이고 몸과 다리를 닦아 준다.

평범한 아이라면 당장 응급실에 달려갈 일이지만, 우리 아이에게 이 정도는 위급상황이 아니다. 감기가 아닌 알 수 없는 열일 가능성이 훨씬 높다.

응급실에 가면 아이는 일단 수없이 많은 주사를 꽂고 시작하니, 자꾸만 가기를 꺼리게 된다.

그렇게 3시간 정도 흐르면 보통의 열들은 서서히 잡힌다.

하지만 40도가 넘으면 뭔가 이유가 있는 열이다. 숨쉬기까지 힘들어하면 입원 준비를 하고 응급실에 간다. 아이가 입원하면 나는 나에게 필요한 시간은 모두 줄일 수 있는 최대치로 줄여 생활한다. 먹고, 씻고, 자고, 화장실 가는 시간까지……

조급한 마음이 시간을 단축시킨다.

병원에 가면 아이에게 달려 있는 기계의 숫자도 엄청 늘어난다. 모든 수액마다 기계가 하나씩 달리고 수액도 여러 가지다. 염증반응이라도 나타나면 더 골치가 아프다. 아이에게는 항생제 알레르기가 있었다.

항생제가 몸에 들어가면 온몸이 불에 데인 듯 벌게지고 두드러기가 났다. 그러다가 나중에는 숨쉬기를 힘들어하기까지 했다. 그래서 항생제를 선택할 때면 약효보다는 반응이 나쁘지 않은 약을 고르는 게 관건이었다.

한번 입원하면 쉽게 퇴원하지 못했다.

입원은 나를 때로는 편하게, 때로는 괴롭게 했다.

입원해서 편한 점은 아이의 알 수 없는 수많은 열과 경련, 그리고 강직에 대해서 곧바로 전문가의 손을 빌릴 수 있다는 것이었다. 약도 간호사 선생님이 시간에 맞춰 주고, 또 새벽에 내가 자고 있어도 따로 열과 혈압 등 아이의 상태를 확인하기 때문에 마음이 한결 편했다.

아니, 편하다기보다는 덜 무섭다는 말이 더 맞는 말이다.

덜 무섭다.

입원 기간이 길어지면 내 몸이 견디기가 힘들었다.

어렸을 때 어른들이 먹여 주신 '한약빨'을 여기서 다 쓰는구나, 싶을 정도였다. 나는 딱히 보호자 역할을 교대해 줄 수 있는 사람이 없어서 더 힘들었다. 내 몸도 몸이지만, 집에 있는 아이들 걱정에, 불어나는 병원비 걱정까지 얹어졌다.

그래서 입원 기간은 될 수 있으면 일주일 내로 하려고 노력했다. 사실 준영이의 증상은 만성적인 것이 더 많아서 병원에서도 어지간하면 퇴원을 시켜 줬다. 퇴원하는 날은 일부러 남편이 일을 빠질 수 있는 날로 맞췄다.

혼자서 하는 퇴원은 정말로 버겁기 때문이다. 나는 왜 그 흔한 형제자매도 없고 부모님도 일찍 돌아가셨을까…….

병원 생활을 마치고 집에 돌아오면 갑자기 맥이 탁 풀렸다.

몸살을 며칠씩 앓을 때도 허다했다.

내 생각일 뿐이지만, 아이에게도 집이 훨씬 편해 보였다.

남들이 보면 모르겠다는데, 나는 아이가 싫어하는지 좋아하는지를 느낌으로 알 수가 있었다. 하루 종일 하는 일은 숫자 보기, 6시간 간격으로 약 먹이기, 숨소리가 좋지 않거나 기침이라도 할 때면 총알같이 섬석하기, 기저귀 갈고 밥 주기 등…… 이렇게 적어 놓으니 괜히 많아 보인다.

아이에게 뭘 넣어 줄 때는 천천히 해야 아이가 덜 힘들어한다. 우리 아이는 위루관으로 넣어 줬다. 위루관은 외부와 위를 바로 연결하는 일종의 호스 같은 것인데, 평상시에는 단추처럼 잠가 놓고 뭐든 먹여야 할 때 열고 연결해서 넣어 줬다, 아니 먹였다.

빠르게 넣어 주면 심장 박동수가 한없이 올라갔다.

심장 박동수도 내가 봐야 하는 숫자였다.

잘 때 숫자가 떨어지면 흔들어 깨우고, 가슴을 두드려 줘야

❋

했다. 숫자가 높아지면 아이가 어딘가 불편하고 아픈 것이다. 이때는 열, 기저귀, 자세 등을 다 봐야 했다. 이도 저도 아니라면 대개 아픈 것이었다. 곧 열이 오를 수도 있어 진통제를 넣어 줬다.

누나 둘을 키울 때 해열제로만 알고 있었던 부루펜, 타이레놀 등이 이렇게 진통제로 쓰인다는 사실을 준영이를 키우면서 알게 되었다.

우리 아들은 항상 숫자로 나를 불렀다.

이젠, 나를 사사건건 붙잡던 수많은 숫자가 사라졌다.

하지만 나는 아직도 그 시간이 되면,

그 온도를 보면 알 수 없이 긴장한다.

21

아픈 아이의
엄마라는……

오랜 간병 생활은 나를 지치게 했다.

물을 빨아들이는 스펀지처럼 나의 모든 것을 무겁게 가라앉혔다. 하지만 모든 것이 손과 몸에 익어서 그냥 그렇게 하루가 지나갔다. 나는 새벽부터 남편이 퇴근할 때까지 집 밖으로는 단 한 걸음도 나갈 수가 없었다.

아이가 언제 기침을 잘못해서 침과 가래가 기도로 넘어갈지, 그러다가 숨쉬기가 힘들어질지 모르기 때문이었다. 어떤 날은 방 밖으로도 나가지 못했다. 물론 국가 지원에 장애인 활동 보조인 제도가 있고, 우리 아이는 장애 1급으로 시간도 많이 할당받았지만, 어떤 활동 보조인도 내가 하는 것들을 대신해 주기가 힘들었다. 내가 하는 모든 행위가 의료 행위에 들어갔기 때문이었다.

그럼 나는 괜찮은가? 엄마니까?

의료진도 나도 모두 알고 있지만, 그 누구도 그것을 지적하지 않는다. 아니, 못 하는 것인가? 이것 외에는 다른 방안이 없으니까…….

집에만 있는 내 생활은 나를 폐쇄적이고 소심하게 만들었다. 외출은 남편이 돌아오고 나서야만 할 수 있으니 저녁 하늘이 점점 익숙해져 갔다. 나중에는 낮에 나가는 바깥세상이 왠지 이상하고 적응이 되지 않았다. 그렇다고 그 여러 해 동안 집에만 있었던 것은 아니다. 그래도 한두 달에 한 번은 외출했다. 주로 큰아이, 작은아이와 함께 하는 시간이었다. 아이들과 영화를 보기도 하고, 밥을 사먹기도 하고, 하염없이 돌아다니기도 했다. 아이들과 다녔기에 아이들이 좋아하는 곳으로만 다녔다.

아이들에게 필요한 것을 사주고, 아이들이 먹고 싶어 하는 음식을 먹으며, 아이들이 좋아하는 모습을 보는 것을 즐거워했다.

그러다 보니 내가 뭘 해야 하는지 점점 잊어버리게 되었다.

그 흔한 인스타그램이나 페이스북 같은 SNS도 다 지워 버렸다. 지인들이 올리는 사진들은 나에게 상처가 될 뿐이었다.

누가 뭐라고 하는 것도 아닌데, 나는 그렇게 작아졌고 자꾸만 숨어 들어갔다. 스트레스가 극악에 차오르면 화를 냈고 울음을 터뜨렸다. 처음에는 부엌 구석에 앉아 울었지만, 어느 순간부터 아이들이나 남편에게 그 모습을 보이고 싶지 않았다.

그래서 나만의 장소가 생겼다.

우리 동네 새벽녘 버스 정거장에는 사람이 없었다. 날씨가 추워지기라도 하면 길 전체가 고요해졌다. 나는 버스 정거장 의자에 앉아서 울었다. 집에서 나오기 전에 둘둘 말아 온 두루마리 휴지를 손에 꼭 쥐고선 속이 시원해질 때까지 울었다. 그렇게 울다 보면 서서히 울음이 사그라들었다.

그럼 멍하니 찬바람을 쐬다 다시 집으로 들어갔다.

내가 할 수 있는 유일한 일탈이었다.

처음에는 어디 갔냐고 찾아 대던 가족들도 내가 그렇게 나가면 언제부턴가 찾지 않았다. 그리고 내가 집으로 돌아왔을 때 아무것도 묻지 않았다.

시간이 지나고 아이의 병세가 점점 악화되면서부터는 나도 내가 어떻게 지냈는지 모르겠다. 새벽녘에 항상 상태가 좋지 않았던 준영이 옆에서 편안하게 잘 수는 없었다.

일단 버텼다.

아이가 아파서 못 잘 때면 나도 잠들지 못했다.

그러다 아침 즈음에 잔뜩 약이 들어가면 십중팔구 아이가 잠에 들었다. 그렇게 아이가 잠들고 나면 나도 그제야 머리를 뉘여 잠을 청했다.

병원에 입원이라도 하면 점점 체력이 달림을 느꼈다. 30대 때는 그래도 버텼던 것 같은데, 40이 훌쩍 넘고 나서부터는 입원하기 전 응급실에서 하루 이틀만 보내도 금방 몸살이 나서 힘들었다. 처음 이런 일이 있었을 때, 내가 열나고 아픈데 병원에서 보호자인 나한테는 그 흔한 타이레놀 한 알도 줄 수 없다고 했다. 나는 따로 접수하고 진료를 받아야만 약을 처방받아 먹을 수 있는 것이다.

보호자 침대에 누워 끙끙 앓았다.

결국 내가 너무 불쌍했던지 간호사 선생님이 넌지시 개인적으로 갖고 있었던 것이라면서 해열 진통제 한 알을 주고 갔다. 그때 이후로는 입원 준비물을 챙길 때 소화제, 진통제, 종합감기약 등을 꼭 챙겼다. 내가 아파 버리면 이도 저도 아무것도 할 수 없기 때문이었다.

아픈 아이의 엄마는 아파선 안 되었다.

아이를 간병하고 돌봐야 하는 일은 끝이 안 보이고 쉬는 시간도 없다.

그 어떤 간병인도 이렇게 고된 간병은 못 버틸 것이다.

하지만 나는 엄마고, 그래서 그 하루하루를 버텨 냈다.

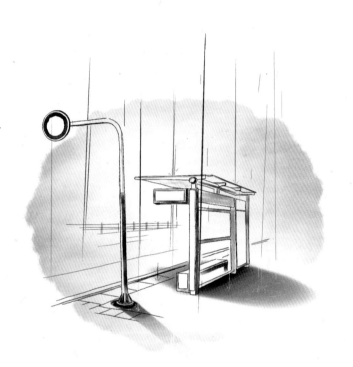

22

그리움을 온전히 나눌 수 있다는 것,
완화의료와 재택치료

처음 완화의료를 접한 것은 소아신경과 치료를 한 6년쯤
받았을 때였다. 담당 교수님이 완화의료팀을 만나 보라고 권
했다. 완화팀에서 연락할 거라고, 도움받을 일이 많을 거라고
덧붙였다. 왠지 기분이 이상했다. 완화의료라는 단어에 거부
감이 먼저 들었다.

'이제 우리 아이를 포기한다는 것인가……'

이런 생각도 들었다.
솔직히 서운했다. '치 료 불 능'이라는 이름표를 다는 느낌

이었다.

며칠 후, 전화가 왔다. 완화의료팀에서 방문한다는 이야기. 병원에서 집으로 찾아온다니…… 너무 생소했다. 집으로 누군가가 온다는 것이 괜히 부담스러웠다. 약속 날짜를 잡고 세 분이 오셨다. 의사 선생님, 간호사 선생님, 사회복지사 선생님이 한 분씩 오셨다.

도대체 와서 무엇을 할지 방문 전에는 감조차 잡을 수 없었다. 일단 의사 선생님이 준영이를 찬찬히 살폈다. 그러고 나서 준영이의 발병과 치료 과정에 대해서 들었다. 특이한 점은, 준영이에 대해서만이 아니라, 아이를 돌보는 나와 준영이의 두 누나들에게도 관심을 보였다는 것이다.

준영이가 아프기 시작한 이후로 병원을 그렇게 많이 다녔지만, 우리가 처한 상황에 대해서, 준영이의 누나에 대해서, 이렇게 시간을 들여 하나하나 물어보는 분은 처음이었다. 이제껏 나는 준영이의 상태를 최대한 간결하게 이야기하는 것에만 신경을 썼는데, 준영이뿐만 아니라 우리 가족과 나의 고충에 대해 이것저것 물어보는 게 무척 낯설었다. 선생님들은 나와 차분히 대화를 마치고 다시 방문하겠다며 돌아갔다.

그 이후로 완화의료팀은 우리와 계속 인연을 이어 갔다.

병원에 입원이라도 하면 꼭 한두 번씩 병실을 방문해 준영이의 상태를 확인했다. 집으로 심리치료사 선생님을 보내 내가 심리 상담을 받도록 도와주었다. 몇 달에 한 번씩 준영이가 외래진료를 가면 진료 시간을 잡아서 준영이를 따로 진료해 주었다. 준영이의 폐 소리도 확인해 주고, 집에서 가래는 어떤지, 열은 어떤지, 그리고 먹는 것까지 이것저것 세심하게 물어보고 여러 조언도 많이 해줬다.

준영이는 완화의료팀에서 계속 진료와 상담을 받았고, 나중에는 완화의료팀 담당 선생님이 약, 통증 조절 등 준영이의 모든 것을 전담하게 되었다.

그렇게 몇 년을 보냈다.

준영이의 상태는 조금씩 나빠졌고, 폐렴으로 입원했을 때 재택치료를 권유했다. 재택치료를 하면 외래진료를 위해 준영이를 데리고 병원에 오지 않아도 된다고 했다. 재택의료팀의 간호사 선생님이 주기적으로 집으로 방문해서 준영이의 상태를 파악해 전담 의사 선생님의 처방을 받아 필요한 약을 가져다준다고 했다.

나는 흔쾌히 받아들였다.

안 그래도 서울대학교 어린이병원까지 가서 진료를 받는 일이 차츰 힘에 부치던 때였다. 준영이는 그렇게 재택치료로 돌봄과 치료를 받았다.

간호사 선생님은 스스럼없이 준영이와 나만의 세계에 녹아들었다. 선생님이 오는 날에는 물론 외래진료를 가지 않고 더 자주 상황을 확인한다는 점도 좋았지만, 오히려 내가 더 선생님과의 시간을 기다렸다. 준영이를 간병하면서 나는 다른 사람들과 대화하기가 점점 더 어려워졌기 때문이다. 하지만 선생님은 비슷한 경우를 많이 봐서 그런지 스스럼없이 나와 이야기를 나눴다.

특히 준영이에 관해서는 대화 상대가 남편밖에 없었던지라 선생님이 왔다 가면 속이 다 후련했다.

"임금님 귀는 당나귀 귀!"를 외친 기분이었다.

하지만 시간이 지나면서 준영이의 상태는 조금씩 조금씩 안 좋아졌다. 산소 호흡기를 달게 되었고 공급해 주는 산소량도 조금씩 늘려 줘야 했다. 소화 기능도 많이 떨어져 충분한 양의 수분과 영양 공급이 힘들어졌다.

이때쯤엔 중심 정맥, 즉 케모포트를 가슴에 달았다. 너무 오랫동안 주삿바늘을 꽂았던 우리 아들은 이제 수액이 들어 갈 만한 혈관을 찾기가 힘들 정도였다. 찾아서 잡는다고 해도 혈관이 금방 터져 버려 수액을 맞기가 어려웠다. 병원에서는 케모포트 시술을 권했고, 케모포트를 단 준영이는 그곳으로 여러 수액을 맞았다.

이 케모포트는 피가 굳어서 막히지 않게 주기적으로 헤파린을 넣어 줘야 하는 등 여러 가지 관리가 필요했다. 이 모든 과정을 간호사 선생님이 집으로 와서 해주니 얼마나 다행인지……. 이것을 하기 위해서 병원까지 오가야 했다면 치료가 불가능했을 것이다.

선생님은 올 때마다 준영이의 상태에 맞춘 수액을 달아 주었다.

수액을 연결하고 가면 천천히 맞고 내가 떼어 냈다.

한번은 내가 수액을 제때 떼어 내지 못해 중심 정맥에서 수액 라인 쪽으로 피가 역류했다. 잘못하면 입원해서 케모포트 시술을 다시 받아야 할 상황으로 치닫고 있었다. 나는 서둘러 간호사 선생님에게 전화했고, 선생님은 급하게 차를 돌려 다시 집으로 왔다. 천만다행으로 완전히 막힐 뻔했던 라인을 뚫어 주었다.

선생님과 나는 가슴을 쓸어내렸다. 이렇게 돌발적인 상황에 다시 와줘서 얼마나 고마웠던지…….

준영이가 힘들어할 때마다 그때그때 사진과 동영상을 재택치료팀에 보냈다. 재택치료팀에서는 그에 맞춰 준영이를 돌보는 법과 처치의 방향을 알려 주었다. 준영이의 상태에 따라 재택치료팀은 더 자주 방문했다. 이때 선생님들이 집에 찾아오지 않았다면, 나는 아마 버티지 못하고 무너졌을지도 모른다.

재택치료는 시시각각 변해 가는 준영이의 병세뿐만 아니라, 나에게도 기댈 수 있는 곳이 되었다. 준영이에게서 삶의 빛이 점점 사라져 갈 땐 집에서의 임종을 권유해 주었다. 그러고 나서 얼마 지나지 않아 남편과 나는 마음속으로 생각만 했던, 그 순간을 맞게 되었다.

완화의료팀은 준영이의 장례식장에도 왔다. 준영이의 모든 모습에 대해서 이야기할 수 있는 사람들은 완화의료팀밖에 없었다.

준영이를 추억하며 이야기할 수 있는 유일한 조문객들이었다.

준영이를 보내고 나서도,

나는 해가 바뀌어도 가끔씩 완화의료팀을 찾아간다.

나는 그곳에서만큼은 준영이를 실컷 그리워하고 이야기할 수 있으니까…….

23

나는
행복해도 되는가

나는 행복해도 되는가.

아이를 보내고 칼로 베인 듯한 고통이 지나간 후 나는 내가 느끼는 모든 감정에 예민해져 갔다. 맛있는 음식을 먹고 있어도, 조용히 쉬고 있어 편안하다는 느낌이 들어도, 낮에 혼자 외출을 할 수 있어도, 내가 즐거워지는 그 어떤 행동에도 죄책감이 들었다.

내가 사는 게 좋아도 되는지,

내가 과연 즐거워도 되는지 알 수 없었다.

나를 괴롭게 하지 않는 모든 감정이 다 죄스러웠다.

조선 시대의 청상과부처럼 항상 흰옷을 입고 슬픔에 젖어 있는 모습이 마치 올바른 일인 양 아무것도 할 수가 없었다. 솔직히 내가 하고 싶은 게 뭔지도 몰랐다. 처음으로 집 앞 카페에서 혼자 가만히 커피 한 잔을 마실 때 마음이 평안했다. 한번 가보니 또 가보고 싶었다. 별것 아닌 일인데도 용기가 필요했다.

가고 싶은 마음에 그래도 된다고 나를 설득시켰다. 나중에는 준영이도 그러길 바랄 것이라고 스스로에게 열심히 이야기를 해댔다. 내가 10년이 넘는 시간을 아픈 아이와 보낼 수 있었던 방법 중 하나는 나와 세상을 단절시켜 버리는 것이었다.

기나긴 간병 기간 동안 나는 나를 세상에서 분리시키고, 나의 모든 감정을 단순화시켰다.

그래서 기꺼이 버틸 수 있었다.

하지만 아이가 떠나고 나서 오히려 그 감정에 역습을 받았다. 10년간 세상과 끊어졌던 나는 이제 어느 곳에도 속하는 사람이 아니었다. 아이를 보내고 나니 더 이상 내 삶의 명제가 사라져 버렸다.

나는 어디에 있어도 어정쩡했다.

다시 세상에 녹아들기가 힘들었다.

하나를 지키기 위해 나는 나를 다 버렸나 보다.

뭘 해야 될지, 아니 뭘 해도 괜찮은 건지 몰라 1년을 그냥 멍하니 있었던 것 같다. 그러던 어느 날, 문득 나는 그냥 또 아무 생각도 안 하기로 했다. 집 앞 헬스장에 등록해서 아무 생각 없이 그곳을 오갔다. 읽을지 안 읽을지 모르는 책을 사기도 하고, 신지도 못할 하이힐을 사기도 했다. 공원으로 나가 하루 종일 앉아 있어 보기도 했다. 어느 날은 불쑥 며칠간 집을 나가 보기도 하고, 온종일 발에서 피가 날 때까지 걸어 보기도 했다.

그냥, 그냥 했다.

모든 행동은 아무것도 안 하는 것보다 훨씬 나았다. 내가 지금 어디에 있는지 몰라 계속 꾸물거려야 했다. 생각만으로는 내가 어디에 있는지 알 수 없었다. 하다못해 손이라도 움직여야 내가 물속에 있는지 땅속에 있는지, 아니면 허공에 있는지 알 수 있지 않겠나.

일단 움직이는 것부터 하려 했다. 내가 행복하고 안 하고, 즐겁고 안 즐겁고가 중요한 것이 아니었다. 움직여야 했고, 그래야 살아 있는 것 같았다.

먹는 것도, 싸는 것도, 누워 있는 것도, 하다못해 숨을 쉬는 것까지 고통인 아이…… 서서히 삶이 말라 가고 있는 아이…….

그 아이 옆에서 내가 느낄 수 있는, 허락받을 수 있는 감정은 얼마 없었다. 그냥 아이가 아파하지 않고 잘 자면 내가 느낄 수 있는 최고의 하루였다. 하루에 네 번, 시간 맞춰 꼭 먹어야 하는 약을 정확히 먹였을 때, 유일하게 아이의 배를 불릴 수 있는 영양액과 물을 위루관에 잘 넣어 주었을 때, 여덟 군데의 욕창을 모두 꼼꼼하게 잘 드레싱 해주었을 때, 기저귀를 제때 갈아서 하나도 새지 않았을 때……

그런 날이면 뿌듯했다. 목에 걸려 한참이나 아이를 괴롭히던 가래 덩어리를 한 번에 싹 빼내면 마치 내가 유능한 것처럼 느껴지기도 했다.

하지만 나는 수많은 날을 잘하지 못했다.

기저귀는 아이가 무거워질수록 삐뚜름하게 채워 넘치기가 일쑤였고, 한두 개의 욕창을 빼먹고 드레싱을 한다든가, 약 먹이는 시간을 깜빡깜빡 잊는 바람에 늦게 먹이는 날도 많았다.

반복되는 일상 속에서 나는 잘하는 게 없는 것 같고, 자존감도 낮아졌다. 지인들의 SNS를 아예 보지 않고, 알려고도 하지 않았다.

그런 것들을 보면 괴롭기만 했다.

그들의 일상이 부러웠고, 나와는 다른 세계 사람들인 것 같아 내 생활이 더 힘들어졌다. 그냥 욕창에 붙여 줄 드레싱폼이 사이즈에 딱 맞춰 예쁘게 잘리면 행복해했다. 그 이상의 행복은 사치이자 생각해서는 안 되는 것이었다. 나는 점점 작은 것에서 기쁨을 찾으려 했다. 노력하지 않아도 저절로 그렇게 되었다.

이제 아이가 떠나고 나 혼자 멀뚱히 앉아 있다.

나는 어떤 것을 즐거워해야 하나…….

즐거워해도 되는 걸까, 나는 행복해도 되는가…….

24

10년이 넘는 간병과 받아들임에 대하여, 욕창 이야기

아이를 간병하며 보낸 시간이 어느덧 10년을 훌쩍 넘어가고 있었다. 이제는 나에게 아이에 대한 희망도 병마가 물러갈 거란 기대치도 없어졌다. 아이가 머지않아 우리를 떠나갈 거란 느낌이 기정사실로 점점 받아들여졌다.

아이는 다른 사람들의 눈에는 띄지 않을 만큼, 하지만 내 눈에는 너무나 크게 보일 만큼 서서히 시들어 갔다. 엄마이자 계속 곁을 지키는 사람으로서 그 모습을 지켜보는 일은 쉽지 않았다.

준영이는 거친 숨소리로 힘들어하는 시간이 조금씩 늘어

갔다.

눈의 초점이 점점 흐려졌고, 기운이 없는지 조금씩 조금씩 처져 갔다. 나에겐 아이의 모습이 어제와 오늘이 다르고, 저번 달과 이번 달이 다른데, 주변 사람들은 좀처럼 그 차이를 모르는 것 같았다. 잠을 잘 때도 긴장의 끈을 놓을 수가 없었다. 작은 소리에도 벌떡 일어나고, 너무 조용해도 일어나게 되었다. 아이가 힘들어하는 게 보이는데, 엄마로서 아무것도 해줄 수 없다는 게 절망을 넘어 나의 자존감까지 무참히 짓밟았다.

이때부터는 아이의 고통을 줄여 주는 것 외에는 그 무엇도 중요한 명제가 없었다.

아이의 식사인 영양액을 하루에 하나를 먹이든 둘을 먹이든, 먹는 것도, 팔다리를 움직여 굳은 근육을 풀어 주는 것도, 그 어떠한 것도 아이가 힘들어하면 모두 중요한 것이 아니었다.

몸의 상태가 나빠지자 아이에게는 욕창이 생기기 시작했다. 움직이지 못해 근육이 다 말라 더더욱 도드라진 관절, 누워만 있어 빠져 버린 고관절과 휘어진 허리……

무엇하나 멀쩡한 곳이 없었다.

몸 곳곳에 욕창이 생겨도 하등 이상하지 않을 상황이 되었다. 처음 욕창이 생겼을 때는 열심히 소독하고 누운 몸의 위치를 바꿔 주는 것만으로도 막아 낼 수가 있었다.

하지만 아이의 상태가 점점 나빠지니, 욕창이 여러 군데에 동시다발적으로 생겨 버렸다. 오른쪽으로 눕히면 왼쪽 욕창은 차도를 보였지만 오른쪽 욕창이 심해졌고, 왼쪽으로 눕히면 정확히 그 반대가 되었다. 그렇다고 바로 눕히면 꼬리뼈에 욕창이 덧나 버렸다.

아이의 마지막에 제일 아이를 괴롭혔던 것이 욕창이 아니었나 싶다. 날마다 소독약을 붓고 연고를 바르고 드레싱을 해 줘도 욕창이란 놈은 우리 아들의 몸에 자꾸만 뿌리를 내렸다. 살이 괴사해 허옇게 뼈가 보이는 곳을 소독하면서 나는 울기도 참 많이 울었다.

넘어져서 무릎이 까져도 소독할 때 아픈데, 뼈가 다 보이고 살이 괴사한 곳을 소독할 때 아이는 얼마나 고통스러웠을까…….

소리칠 만큼 아팠어도 말하지 못했을 것이다.

소독하는 내 손을 뿌리치고 달아나 버리고 싶어도 그러지 못했을 것이다.

마지막에는 욕창이 여덟 군데나 생겼다.

내가 해줄 수 있는 일은 여덟 군데의 욕창을 소독해 주는 것이 최선이었다.

아팠을까……

분명히 아팠을 것이다.

하지만 그때는 그런 것을 생각할 겨를조차 없었다. 욕창이란 녀석은 항상 기회를 엿보다가 조금이라도 빈틈이 생기면 아이의 몸을 자꾸만 파먹어 들었다.

나는 그저 그것을 수비하기에 급급했다.

욕창이란 놈은 관리하기가 까다로웠다.

변화하는 순간순간마다, 아이가 아플 때 어떻게 해줘야 할지 모를 때마다 나는 아픈 곳의 사진을, 때로는 아파하는 모습과 상태를 동영상으로 찍어 완화의료팀에 보내서 치료 방향을 물었다.

나에게는 물어볼 곳이라도 있다는 사실이 얼마나 든든했는지 모르겠다. 지금도 내 핸드폰 속에는 가족사진보다, 준영이의 일상적인 사진보다 아이의 수많은 상처와 헐떡거리는 동영상으로 가득 채워져 있다. 보는 것만으로도 너무 괴롭지만 지울 수도 없는 내 아이의 기록…… 왜 그렇게 아이의 얼굴을 사진으로 많이 남기지 않았는지 모르겠다.

생후 6개월부터 열세 살이 될 때까지…….

보통의 아이라면 그때그때의 사진이 부모의 사진첩을 가득 채웠겠지만, 우리 아이는 오직 상처로만 기록되었다. 우스운 것은 욕창이나 뼈의 휘어진 모습, 그리고 강직된 모습만 보고도 이때가 언제쯤인지 내가 알아본다는 것이다.

아이의 마지막 입원도 이 욕창이라는 놈이 이유였다.

아이가 점점 힘들어하는데 딱히 어느 과로 입원해야 하는지 알 수 없었다. 모든 증상이 만성적 증상이어서 새롭게 생긴 증상이나 병이 없었던 우리 아이는 입원 허가를 받아 내기가 어려웠다. 마지막으로 내가 기대를 걸어 본 것이 성형외과였다. 당시 가장 심했던 욕창의 치료가 성형외과 소관이었기 때문이다.

여러 개의 욕창 중 특히 오른쪽 골반이 가장 심했는데, 이

것의 치료 목적으로 입원하려 했다. 준영이를 돌보던 완화의
료팀에서는 입원 허가가 날지 장담하지 못한다고 했다. 나는
남편에게 아이를 맡기고 성형외과 외래진료를 혼자 봤다. 의
사 선생님에게 아이한테 해줄 수 있는 게 이제 이것뿐이니
꼭 입원시켜 달라고 읍소했다.

선생님은 나와 아이의 병원 차트, 그리고 내가 찍은 수많은
아이의 욕창 사진을 보고 나를 물끄러미 쳐다보더니 입원을
허락해 주었다.

준영이는 그렇게 마지막으로 입원했다.

입원 후 괴사한 욕창 부위를 도려내 새살이 빨리 돋아나도
록 치료했다. 호흡을 조금이라도 편하게 해줄 수 있는 모든
기계를 사용했다. 욕창에 도움이 될만한 항생제도 이것저것
까다로운 조건과 용량으로 할 수 있는 한 최선을 다해 주사
제로 맞았다.

의사 선생님도 나도 이것이 어쩌면 마지막 입원이 되리라
는 것을 말하지는 않았지만, 우리는 알고 있었다.

무엇이 되었든 조금 더, 조금이라도 더 해보고 싶었다.

입원 중에 갑자기 산소 수치와 혈압이 낮아지면서 위험한 고비도 한 번 넘겼다. 욕창치료가 어느 정도 마무리되어 갈 때쯤, 나는 퇴원 여부를 고민했다. 이대로 집에 가면 다시는 이곳에 오지 못할 것 같았다. 집에 가는 것이 무섭기만 했다. 하지만 언제까지 병원에서 버틸 수는 없었다.

완전하지는 않았지만, 어느 정도 치료에 마무리를 짓고 퇴원했다.

버텨 내는 일이 점점 힘에 부쳤다.

간병의 시간이 길어질수록 나에게는 세상으로부터 고립된 듯한 고통과 외로움이 쌓여 갔다.

나는 혼자 쏟아지는 비를 맞고 있다.

가까운 인연들은 나와 동떨어진 안전한 곳에서 나를 쳐다만 보고 있는 것 같았다. 도망칠 수도, 피할 수도 없는 태풍 속에 홀로 서 있는 것 같았다. 하지만 비를 맞는 일이 10년을 훌쩍 넘어가니 태풍은 나의 일상이 되고, 비를 피해 나를 바라만 보는 사람들의 시선도 아프지 않았다.

그래도 서운한 마음은 어쩔 수 없었다.

다만, 받아들이게 되었을 뿐이다.

25

◇◇◇◇◇◇

단출한 내 아이의 삶,
팬티와 운동화

많은 물건 중에 특히 더 준영이를 생각나게 하는 물건이
있다. 바로 남자아이의 팬티와 운동화이다. 둘 다 우리 아이
가 단 한 번도 입어 보지도, 신어 보지도 못했던 것들이다. 생
후 6개월부터 아프기 시작했던 우리 아들은 팬티를 입어 볼
기회도, 운동화를 신어 볼 기회도 없었다.

계속 기저귀를 찼어야 했기 때문이다.

나의 남자아이 팬티에 대한 로망(누나들은 이맘때 핑크와
레이스가 필수였다)은 단지 기저귀가 점점 큰 사이즈로 변하
다가 나중에 성인용 기저귀로 바뀌었을 뿐이다.

아들에게 정말 팬티를 입혀 보고 싶었다.

그래서 두어 해마다 한 번씩 심사숙고 끝에 팬티 몇 장을 샀다. 어떤 해에는 사각팬티도 사보고, 또 어떤 해에는 캐릭터 팬티도 사보고, 누나 때는 사지 못했던 온갖 자동차 무늬와 공룡 무늬, 또 파란색 일색인 팬티를 샀다.

그게 뭐라고 준영이의 팬티 간택은 나름 어려웠다. 많아야 1~2년에 한두 장 사는 것이었지만, 나에게는 의미 있는 행사였다. 하지만 수많은 고민 끝에 선택된 그것들은 깨끗하게 빨아져 장롱 속 깊은 곳에 보관만 되었다.

장롱 속 팬티가 작아질 때쯤이면 새로운 팬티로 다시 보관되었을 뿐이다. 준영이의 병세가 점점 깊어질 때쯤엔 마지막 길에라도 기저귀 대신 입혀 보내고 싶어 꺼내 두었다.

결국, 준영이는 공룡 무늬 파란색 팬티를 입고 갔다.

운동화는 단 한 켤레도 사보지 못했다. 아이는 발병하고 몇 년 후부터 발이 휘기 시작했다. 처음에는 재활의학과의 권유로 발이 휘는 것을 막기 위해 보조기를 맞춰서 신겼다.

하지만 얼마 지나지 않아 아이는 보조기를 신길 때마다 울면서 아파했다. 이때쯤엔 고관절도 빠져서 정형외과 진료도 병행했다. 소아정형외과 선생님은 준영이의 차트를 보고 나서 준영이를 눕혀 다리를 굽혔다 폈다 만져 보더니 나에게 물었다.

"엄마는 아이가 걸었으면 하세요?"

준영이가 걷기에는 어림도 없다는 것을 나도 선생님도 이야기하지 않아도 알았다.

"그냥 아프지만 않게 해주세요."
"고관절 수술은 걷지 않는 아이에게 큰 의미가 없습니다. 이렇게 누워만 있는 아이의 경우, 수술해도 얼마 지나지 않아 다시 빠질 겁니다."

선생님은 수술하자는 말을 하지 않았다.
나는 진단만 받고 아무것도 해줄 수 있는 것이 없었다. 힘들어하기만 하는 보조기도 의미가 무색해졌다. 그때부터 조금씩 휘기 시작한 발은 마지막에는 거의 초승달 모양이 되었다.

준영이는 여러 과의 협진을 받았지만, 항상 이런 식이었던 것 같다.

앞을 볼 수 없다는 진단을 안과에서 처음 받았을 때도 시신경은 살아 있으나 뇌로 전달하는 길이 어디선가 끊어져 인지하지를 못한다고 했다. 소화 기능이 너무 떨어져 복용했던 소화촉진약이 더 이상 효과가 없었을 때도, 소변이 나오지 않아 소변줄이나 소변 카테터로 소변을 빼줘야 했을 때도……

그 세세한 원인을 찾으려 하지 않았고, 나 또한 검사라는 명목으로 아이를 고통에 밀어 넣고 싶지 않았다. 아주 미세한 차이지만 준영이는 모든 기능이 서서히 저하되고 있었다. 이런 아이에게 운동화를 신긴다는 것은 그저 나의 꿈이 되었다. 어린아이의 운동화를 보면 그저 상상하면서 조심스레 운동화를 쓰다듬곤 했다. 아이에게 신발 역할을 한 것은 덧신과 양말이 전부였다.

아이를 보낸 후 아이의 옷가지들을 정리했다.

정말 옷이 없었다.

봄·가을옷 한 벌, 겨울옷 한 벌, 여름옷 한 벌이 전부였다. 아이는 갈 곳이 1년에 서너 번 병원밖에 없었다. 그것이 유일한 외출이었다. 그나마 몇 벌씩 있는 것은 여름 런닝과 겨울 내복 상의뿐이었다. 준영이에게 아랫도리는 필요하지 않았다. 수시로 기저귀를 갈아야 하는 아이에게 바지는 그저 불편함을 더하는 존재에 불과했다. 그조차도 마지막 1년 정도는 기저귀 외에 아무것도 입고 있을 수 없었다. 수시로 열이 오르락내리락해서 옷보다는 여러 겹의 큰 수건과 이불로 체온 조절을 계속 해줘야 했고, 가슴 한쪽에는 케모포트(중심 정맥관)로 링거를 맞고 다른 쪽 가슴에는 진통제 패치를 항상 붙이고 있었기 때문이다.

아이의 물건을 정리하다 보니 우리 아이는 정말이지……
세상에서 아무것도 해보지도,
가져 보지도 못했다는 사실을 또다시 깨달았다.
그 흔한 장난감도, 그림책도 한 권 없는 아이……
아이가 남긴 것은 의료에 사용되는 물건이 전부였다.
그래서일까?
아이를 보낸 후 남은 의료기기를 기부하고, 또 남은 약들을 병원 약국에 반납하고 나니 아이의 흔적이 거의 사라서 버렸다. 아이의 물건이 별것이 없었다는 사실은 나의 가슴에 또 생채기를 내었다.

13년간 살아간 아이의 물건이 고작 이부자리와 옷가지 몇
개라니……

너무 단출하게 간 내 아이…….

이젠 무언가를 해주고 싶어도 해줄 수가 없다.

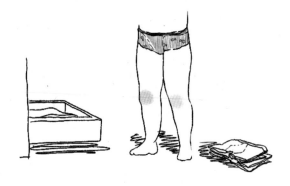

26

상처가
아무는 시간

좋은 곳에 오면 좋다.

당연한 이야기 같지만 뭔가 살아 있는 것 같다. 언제부터인가 집에 있는 내가 너무 당연하고 집에서 벗어나면 왠지 불안해졌다.

아이가 내 곁에 있을 때는 당연히 그랬지만, 아이가 가버린 지금도 불안한 마음이 드는 것은 여전하다. 아이가 있을 때는 내가 없을 때 아이가 아플까 봐 걱정이었다면, 지금은 밖에 나오면 생소하고 불안하다.

아이를 보내고 한동안 집 안에만 있다가 처음으로 집 밖에 혼자 나왔을 땐 낮에 집 밖으로 나올 수 있는 내가 이상했다. 지하철을 타고 젊을 때 자주 가던 신촌이나 홍대 앞을 가면 10년 정도 지난 세월 속에 변해 버린 곳곳이 놀라웠다.

영화를 보듯 나와는 상관없는 세상이 자기들끼리 돌아가는 것만 같았다. 시간 여행자가 된 듯 익숙했던 풍경이 모두 낯설어서 어지러웠다.

몇 번을 그렇게 나가 보다가 그러기를 그만두었다.

준영이가 없어도 나는 항상 앉아 있던 자리가 지금도 마음이 제일 편하다. 이 자리를 벗어난 나는 즐거워하기보다는 즐겁기 위해 노력하는 사람 같았고, 평범한 일상을 보내는 것처럼 흉내 내는 사람 같았다. 더는 돌봐야 하는 아이가 없는데, 다른 가족이라도 돌보면서 붙어 있어야 할 것만 같았다. 그 어떤 좋은 곳에 가 있어도 준영이의 침대 옆에 있는 것만 같았다. 그 어떤 모습이어도 명치 끝에 뭔가 묵직한 것이 매달린 듯 속이 아프고 쓰렸다.

나의 온몸과 마음은 상처투성이다.

내가 아무리 노력해도 시간만큼의 치유력은 없다.

잘난 사람이건 못난 사람이건 상처가 아무는 데는 시간이 필요하다. 아무리 살성이 좋아도, 좋은 약을 써도 갑자기 나아서 사라지는 상처는 없다. 시간이 지나야 피가 멈추고, 상처가 아물고, 딱지가 생긴다. 그러고 나서 그것이 무사히 떨어질 때까지 기다려야 한다. 딱지가 앉았다고 막 떼어 버리면 다시 피가 나고 덧날 수도 있다. 조급해하지 말고 기다려야 한다.

아물 때 느껴지는 아픔은 당연하다.

나의 상처들은 처음 생길 때의 그 찌르는 아픔에서는 한 걸음 벗어났지만, 아직 상처는 벌어져 있고 곳곳에 피멍이 들어 있다.

언제쯤 아물지는 모르겠다.

언제쯤 상처가 흉터로 바뀌어서 그 흉터를 보며 그때를 생각할 수 있을지 모르겠다. 시간은 나의 마음처럼 빨리 가주지도, 늦게 가주지도 않는다.

그는 날, 난 그를······

그는 날 알았을까

그는 날 느꼈을까.

그는 날 기억할까.

그는 날 생각했을까.

그는 날 좋아했을까.

그는 날 싫어했을까.

그는 날 원망했을까.

그는 날 미워했을까.

그는 날 그리워할까.

그는 날 잊고 싶을까.

그는 날 필요로 했을까.

그는 날 사랑했을까.

난 그를 사랑했을까

난 그를 원망했을까.

난 그를 좋아했을까.

난 그를 싫어했을까.

난 그를 그리워하는가.

난 그를 잊고 싶은 걸까.

난 그를 알고 있었을까.

난 그를 모르고 있었을까.

난 그를 떠나보내고 싶었을까.

난 그를 두려워했을까.

나와 그는 무엇이었을까.

혼자만의 여행

준영이를 보내고 일 년 가까이 멍하니 있던 어느 날 나는 갑자기 여행을 떠났다. 작은 가방에 간단히 짐을 꾸려 무작정 서울역으로 갔다. 목적지도 없이 그냥 서울역 열차 시간표 앞에 오도카니 서 있었다.

수많은 시간표 속에서 갈 길을 잃었다.
무작정 표 파는 곳으로 가서 말했다.

"지금 제일 빨리 제일 먼 곳으로 가는 표 한 장만 주세요."

내 손엔 15분 후에 떠나는 부산행 ktx표가 한 장 들려졌다.

부산······.

바다가 보이는 곳······

바다에 가면 무엇을 할지 알 수 없지만 그냥 열차에 올라 탔다. 나에겐 주어진 시간계획도 여행의 목적지도 없으니 바쁘게 움직여야 할 필요는 없었다.

부산에 도착해서 바로 바다를 찾았다.

평일 오후의 겨울 바다는 쓸쓸했다.

모래 위에 앉아 하염없이 바다만 보고 있었다.

겨울 바다는 너무 차가워 보였고,

차가운 바다는 너무 외로워 보였다.

바다 여행을 하고 있을 내 아이가 춥고 외로운 것 같았다.

차가운 바닷바람이 나의 빰을 때리며 지나갔지만,

나는 가슴이 저렸다.

겨울 바다는 아팠다.

다음 날 조금 더 남쪽의 바다가 보고 싶었다.

주섬주섬 짐을 챙겨 제주도로 향했다.

제주도는 바람이 매서웠다.

제주도 바닷가에 가서 둘레길을 걸었다.

무작정 걷기 시작한 걸음은 몇 시간이나 계속되었다.

비가 왔다.

바람이 그렇게 불더니 결국 비가 왔다.

비가 오니 바닷속에 있을 아이가 또 걱정이 된다.

산에 묻었으면 걱정이 덜했을까?

납골당에 두었으면 걱정을 덜 했을까?

품에서 내려놓고부턴 걱정만 하루 종일이다.

더우면 더울까 걱정이고, 추우면 추울까 미안해진다.

아이를 바다에 보내고 나니,

우리 아들이 사특한 물고기 뱃속에 들어가지나 않았을까,

항상 노심초사다.

준영이를 보낼 때 난 준영이만 보낸 것이 아닌가 보다.

준영이는 혼자 간 것이 아니라 엄마도 데려갔나 보다.

나의 한 조각도 가져간 듯하다.

그러니 이렇게 뭔가가 계속 휑한가 보다. 이 마음은 죽을
때까지 채워지지는 않을 것이다. 그렇다고 해서 슬퍼할 필요
는 없다. 내 마음을 준영이와 같이 보냈으니 그 부분이 비어
있는 것은 당연하다.

사는 것에 항상 의미가 필요한가.
마음속은 항상 채워져 있을 필요가 있을까.
그냥 살자.
그냥 살아가 보자.

그날은 그렇게 왔다
나는 중증장애아의 엄마입니다

글 고경애
그림 박소영
발행일 2024년 4월 20일 초판 1쇄

발행처 다반
발행인 노승현
책임편집 민이언
출판등록 제2011-08호(2011년 1월 20일)
주소 서울특별시 마포구 양화로81 H스퀘어 320호
전화 02-868-4979 **팩스** 02-868-4978

이메일 davanbook@naver.com
홈페이지 davanbook.modoo.at
블로그 blog.naver.com/davanbook
포스트 post.naver.com/davanbook
인스타그램 @davanbook

ⓒ 2024, 고경애, 박소영

ISBN 979-11-85264-87-5 03810

『그날은 그렇게 왔다』는
아래 독자 여러분의 후원으로 제작되었습니다.

Buzzaumma	레미닌	이재준 엄마 임원미
강지은	류윤경	이정임
고승권	린다	이주현
고시현	마이지니	이지애
고희권	박루문	이한이
곽현주	박미영	이홍석
기노석	박은경	이후연
김경옥	박지민	전은혜
김근애	반양자	정남두
김금자	반쪽달	정현주
김도하	배민정	정혜경
김미희	백수영	조미혜
김연주	변호영	조연주
김유진	서미희	조연진
김재욱	성경희	조윤숙
김정희	성화연	주인애
김제희	시헌준서엄마	최승은
김진성	신우영	최영애
김향미	신태호엄마	최영옥
김형선	신환수	최유진
김호영	신희영	최은우
김희선	안은지	추인실
김희정	오애리	한길유진맘
꽁이	용한의원	한정은
나민영	윤수르	호와수가족
남상희	윤지우	홍진표
내친구의서재	이나경	황한욱
도른자	이동현	흑상어쌤
동성란	이소영	외 83명